谷崎潤一郎 性慾と文学

葉俊二
Chiba Shunji

a pilot of wisdom

目次

Ⅱ　文豪への道

はじめに

西田幾多郎《きたろう》の「春琴抄」評価

戦後間もなくして、桑原武夫《くわばらたけお》は「日本現代小説の弱点」（一九四六年）という文章を書いた。西洋の近代小説の根本的特色は倫理性にあるが、日本の近代小説はそれを欠いていると主張する桑原は、こんなエピソードを記すところからはじめている。

西田幾多郎がまだ京都にいたときに、桑原がある日訪ねてみると、机上にD・H・ロレンスの『チャタレイ夫人の恋人』のフランス語版がおいてあり、この小説を褒めていた。それで日本の小説についての感想をうかがうと、「鷗外《おうがい》、漱石《そうせき》以後のものは殆《ほと》んど読んでゐないが、谷崎の『春琴抄《しゅんきんしょう》』といふのは皆が余りやかましくいふから読んでみた、といはれるので、どうですかと問ふと、『何しろ人生いかに生くべきかに触れてゐないからね』とのみ答へられた」という。

大学生の頃、この文章をはじめて読んだとき、アレッとある種の違和感をもった。たしかにロレンスの作品は重厚長大で、生きることの意味について深く考えさせられる。『チャタレイ夫人の恋人』は、准男爵のクリフォード・チャタレイと結婚したコニーを主人公とするが、新婚間もなく夫が第一次大戦に出征し、半身不随となって帰って来る。夫との性的な結びつきをなくしたチャタレイ夫人は、森番のメラーズとの出会いによって、性のよろこびを知ることで原初的な生を回復する。こうした物語をとおして、私たちは人生とは何かということを考えざるを得ない。

一方、谷崎潤一郎の『春琴抄』（一九三三年）は、大阪道修町《どしょうまち》の薬種商の娘春琴に仕えた佐助という丁稚《でっち》の物語である。春琴は九歳の折に失明したが、まれな美貌の持ち主で、きわめて気位が高く、気むずかしかった。音曲の天分にすぐれ、検校《けんぎょう》のもとへ稽古に通ったが、その手曳《てび》きをし、献身的に奉公したのが佐助である。

春琴はやがて懐妊し、生まれてきた赤児も佐助そっくりだったが、相手が佐助であることを否認しとおした。ふたりは一戸を構えて弟子をとるようになったが、内実は夫でも佐助は弟子、奉公人として春琴に仕え、表向きは厳格な主従関係を守った。春琴の稽古は厳酷をきわめ、その美貌を目当てに道楽半分で通うもののなかには、厳しすぎる指導と驕慢《きょうまん》さに反感をいだくものもあった。ある夜、春琴は何者かに熱湯を浴びせられ、顔にひどい火傷《やけど》を負う。佐助は、醜くなった春琴を見ないようにみずから針で目を突き、昔のままの春琴を内心にとどめて、死ぬまで変わらない献身をつづけた。

『春琴抄』は、ロレンスの『チャタレイ夫人の恋人』のように客観的な描写と会話でグイグイとおしてゆくリアリズムの手法とは違った形式によって書かれている。架空の語り手「私」が登場し、偶然に入手した「鵙屋《もずや》春琴伝」というこれまた架空の小冊子に拠《よ》りながら、「伝」の内容を紹介する。語り手は春琴と佐助の墓所を訪ねたり、晩年のふたりに仕えたという老女を訊《たず》ねたりして、「鵙屋春琴伝」の叙述に適宜考証を加えるかたちで物語を展開している。

したがって、両者には一見して大きな相違がある。あたかも巨大なキャンバスに絵の具を盛りあげるように描かれた油絵と、繊細でありながら力強いタッチで丹念に書きこまれた小ぶりの日本画ほどの違いである。が、男女がそれぞれ自己の理想とする異性を希求して、最大限の努力を払う姿を写し出していることには変わりなく、愛と性の交響する世界を描き出していることに性愛の重要性を強調する両者の姿勢は共通しており、私にはさほど大きな違いがあるとも思えなかった。

自分の愛する女性のために自己の人生のすべてをささげ、一切の功利的な欲念を放棄して徹底的に愛し抜くこと。まさに佐助が春琴にささげた献身とはこうしたものであった。このような人間の生き方を描いた小説が、どうして「何しろ人生いかに生くべきかに触れてゐないからね」と評されなければならなかったのか。「人生いかに生くべきか」というとき、そこに想定された人生とはどのようなものだったのであろうか。

伊藤整《せい》の谷崎文学再評価

戦前から、戦後も一九六〇年頃まで谷崎潤一郎は、無思想の作家と称された。近代社会において生きるということは、自分自身で自覚的に判断し、意見を述べ、批評したりして自分たちの生きる社会をつくりあげるという意識をもつことである。ことに一九二〇年代後半から三〇年代前半にかけては、階級闘争を標榜《ひょうぼう》したプロレタリア文学が隆盛をきわめ、三〇年代後半からは戦時体制のもとに民族主義的な思潮が台頭した。

そうしたなかで魅惑的な女性の美しさのためにのみ命をささげるという谷崎の姿勢が、多くの論者から「思想がない」と評されたわけである。こうした谷崎評価を大きく転換させたのは伊藤整である。まずはじめに伊藤は「谷崎潤一郎の芸術の問題」（一九五〇年）で、『春琴抄』は「男性が女性のためにのみ生きる」という「潤一郎の思想の極点をなしている」とし、これは「社会組織の変革などよりももっと根本の永遠の人間のテーマ」なのだと評した。

次いで伊藤は『現代文豪名作全集　谷崎潤一郎集』（一九五二年）「解説」において、「谷崎潤一郎を『思想のない作家』と決定することには私は反対である」と、みずからの見解をいっそう鮮明に提示した。「世人は、民族主義を抱くとか、共産主義思想を持つとかいうことのみを

『思想』と考えているのではないだろうか。物質条件が人間を左右すると考えたマルクスも思想家であるが、性欲《せいよく》が人間を左右すると考えたフロイドや、優越感が人間を左右すると考えたユンクも思想家である」といい、「肉体の条件において倫理的であることは、如何《いか》にすれば可能であるか、また如何に不可能であるか。これが谷崎潤一郎という作家の本来の思想の問題であった」と論じた。

また一九五〇年に伊藤整はロレンスの『チャタレイ夫人の恋人』の完訳を小山書店から刊行したところ、その過激な性描写によって猥褻《わいせつ》文書頒布の疑いで起訴されるということがあった。伊藤は裁判をとおして争ったが、旧秩序の古い道徳観をくつがえすことができずに有罪判決をうけた。性にまつわる言説が、根強くはびこる旧来の価値の体系に大きな衝撃を与えうるもので、戦時中の反戦思想にも似たような体制側からの強硬な弾圧をうけるものだということを思い知らされた事件でもあった。

伊藤整は一度だけ谷崎から褒められたことがあるといっている。それは『春琴抄』の評価に関して、佐助が目をつぶす行為には昭和初年代の混乱した日本の現実に目を閉じ、関西に残る日本の古典的伝統美のなかに閉じ籠もろうとした作者の気持ちが象徴されているのではないかという伊藤の読みを、谷崎がことのほか喜んだというのである（『座談会大正文学史』）。

時代と思想

第二次大戦中に谷崎は『細雪《ささめゆき》』の執筆を開始している。冒頭部分を「中央公論」誌上に二回だけ掲載したが、それ以後は軍部の圧力によって発表が禁じられた。作品の発表は禁じられたものの、谷崎は疎開先の熱海の別荘に籠もって、その続稿を書き進めた。谷崎は時局にまったく関心がなかったというわけではなく、『細雪』の主人公貞之助《ていのすけ》のように強い関心をいだきながらも、自己の作品にそれを正面切って表現することはなかった。

やがて戦局がいっそう厳しさを増して、本土空襲がはじまるようになってからは、わずかな縁故をたよって岡山県の山深い勝山という地に再疎開した。あたかも穴倉に身をひそめて弾丸が頭上を通り過ぎるのを待つかのように、ひたすら時局から逃れ、身を隠すようにしながらも『細雪』の原稿だけは書きつづけていった。

「人生いかに生くべきかに触れてゐない」と『春琴抄』を評した西田幾多郎は、戦時体制へ向かおうとする時代をどのように過ごしたのだろうか。当時すでに日本で独創的な哲学を構築した思想家として絶大な権威をもった西田は、体制側にもいろいろなルートでつながりをもっていた。一九三七年六月に第一次近衛文麿《このえふみまろ》内閣が組閣されると、日本の将来を憂えていた西田は、近衛の京大時代の保証人で、教え子たちも近衛の近くにいた関係から働きかけをしてみたが、なんの功を奏することもなかったようである。

文部省からは懇願されて「教学刷新評議会」の委員となり、その後には教学局の参与をおしつけられている。文部省によって設置された「日本諸学振興委員会」の第一回哲学公開講演会では、のちに『日本文化の問題』（岩波新書）に収められる講演を行い、時代へのささやかな抵抗を示したが、思想統制を強化する時代の潮流にはまったく歯が立たなかった。

一九四三年五月十九日には、矢次一夫《やつぎかずお》を中心とした民間の国策研究会で東亜共栄圏の歴史的哲学的理念について話をし、後日その内容を「世界新秩序の原理」という文章にまとめた。そこには当時東条英機《とうじょうひでき》首相の懐刀であった陸軍軍務局長佐藤賢了《けんりょう》なども出席しており、戦後になってこのことが西田の戦争責任を問う議論へと発展していった。そこには大きな誤解と行き違いがあったようだが、終戦の二ヶ月前の一九四五年六月七日に、日本の行く末を案じながら西田は七十五年の生涯を閉じている。

日本文学を代表する文豪の谷崎潤一郎と世界的な権威の哲学者であった西田幾多郎との身の処し方のどちらがいいとか悪いとかは、もちろん一概にいえることではない。作家と哲学者という大きな違いもあろうが、それぞれに精いっぱい自己の生き方を貫いたのだとしかいいようがない。ともに壮絶な人生であり、今日から振り返ってみれば、私たちは身のすくむような思いをいだかざるを得ない。

本書の構成

それにしても、誰しも軍人や官吏、あるいは政治、実業、学問などで身を立てることを願った、明治という立身出世の時代にあって、谷崎潤一郎はどうして男性が女性の美しさのために奉仕することのみに生き、社会の変革などよりも官能の充足の方がもっと大切だといったような人生観をいだくようになったのだろうか。そうした世界観を谷崎がどのようにして手に入れるようになったのか、ここに検証してみたいと思う。

本書の構成は、大きくふたつに分けている。第一部には東京日本橋の町人の家に生まれた谷崎潤一郎が、どのようにして近代日本を代表する小説家〈谷崎潤一郎〉となったか、を追ってみた。その契機になった要素として教育と友人が大きかったと思われるが、それはいつの時代にも変わらないことなのかもしれない。

したがって、第一章では小学校時代の教育をとおして芽生えた〈聖人願望〉ともいうべきものを取りあげた。第二章では中学・高等学校時代の読書体験をとおして、高山樗牛《ちよぎゆう》の美的生活論や友人の杉田直樹から教えられたクラフト・エビングやオットー・ヴァイニンガーなどの精神病理学がその後の谷崎に及ぼした影響について考えた。

第三章は小説の処女作『刺青《しせい》』にその後の谷崎文学の諸要素がすべてあらわれているところ

から、『刺青』の基底にあるものを見きわめ、谷崎文学の特色を明らかにした。そこにうかがわれる〈痴愚礼讃《らいさん》〉の思想は第四章で取りあげた『痴人の愛』にも通ずる。その過程で谷崎にとって聖と俗、善と悪、賢と痴、精神と肉体といった二項対立が克服すべき問題として浮上するが、その問題を『二人の稚児』をとおして検証した。また悪人正機説で知られる親鸞《しんらん》の『歎《たん》異抄《にしょう》』を心の支えに生き、谷崎と同じように旺盛な性欲と自我との格闘に苦しんだ宗教者暁《あけ》烏敏《がらすはや》とも比較対照してみた。

第二部は関東大震災によって関西へ移住した谷崎が、前期の作品に露呈していた偽悪的なテーマから、みずからの情欲を古典主義的な作風に沈潜させて、文豪谷崎潤一郎と評されるまでに至った軌跡を追った。

第五章では一九二五年に刊行されたヴァイニンガーの『性と性格』全訳との出会いが、後期の出発に大きな影響を及ぼしたと推定し、それとの関連を『青塚《あおづか》氏の話』『卍《まんじ》』『蓼《たで》喰《く》ふ虫』をとおして論じた。第六章では谷崎の恋愛論である「恋愛及び色情」を取りあげ、『盲目物語』などとの関連を確認した。「恋愛及び色情」には、発表の前年に書かれたが、その後に廃棄された草稿が残っている。その草稿についても検討し、巻末に資料として全文を翻刻紹介した。

第七章では昭和期の谷崎文学のひとつの頂点をなした『春琴抄』に至るまでの歩みを確認しがてら、その背景にあった谷崎自身の恋愛体験にも言及した。第八章は松子との結婚生活から生まれた『源氏物語』現代語訳の仕事や、『細雪』『少将滋幹《しげもと》の母』など戦中から戦後へかけての谷崎文学を論じた。

最後に「おわりに」で、晩年の谷崎が『鍵』『瘋癲《ふうてん》老人日記』において到達した地点を確認し、谷崎が生涯にわたって文学に希求したものが何であったかを考察した。そして、その死によって書かれることはなかったが、最後に構想された「御菩薩魑魅子」の登場する作品についても触れてみた。そこからは、谷崎の最後に求めた願望のかたちを見ることもできるようである。

I　作家の誕生

第一章　〈神童〉のゆくえ

——聖人願望と春の目覚め

純粋の江戸っ子

谷崎潤一郎はどのようにして谷崎潤一郎となったのだろうか。

谷崎は一八八六（明治十九）年七月二十四日に日本橋の蛎殻町《かきがらちょう》に父倉五郎、母関の長男として生まれた。倉五郎は外神田《そとかんだ》の酒問屋玉川屋の江沢家から出て、谷崎家に婿養子に入っている。関は谷崎久右衛門の三女で、その姉で久右衛門の長女花も倉五郎の兄久兵衛を婿養子にしていた。つまり、久兵衛、倉五郎の江沢家の兄弟が、谷崎久右衛門の婿養子となったわけである。

谷崎は「私の家系」（一九一八年）において、父方からいっても母方からいっても「純粋に下町の江戸つ児《こ》である」といっている。また「私の姓のこと」（一九二九年）では、「祖父から三四代、或《ある》ひは五六代前に、私の先祖は近江《おうみ》から来た」と、祖父から聞いたという母の言葉を伝えている。

が、谷崎家の菩提寺《ぼだいじ》である染井の慈眼寺《じげんじ》に残されている過去帳によれば、久右衛門から遡ること四代前の江戸時代中頃に、谷崎家の先祖は常陸《ひたち》の国から江戸へ出てきたようである。ただ、谷崎久右衛門は谷崎粂吉《くめきち》の長男で、釜屋庄七と名乗った人物の養嗣子として谷崎家へ入っているようなので、久右衛門の実家の血統がどうだったのかというところまでは分からない。

岩崎栄『徳川女系図　幕末 情炎の巻』（一九六七年）には、久右衛門の姉だという照代なる人物が登場し、大奥に狂言師として出仕し、第十二代将軍家慶《いえよし》の寵愛《ちょうあい》をうけたという話がでてくる。ただし、この久右衛門を潤一郎、精二の「伯父」としていて、その信憑性《しんぴょうせい》には欠ける。野村尚吾『伝記谷崎潤一郎』（一九七二年）によれば、『三田村鳶魚《みたむらえんぎょ》・江戸ばなし』の「女の世の中――柳営最後の御狂言師」に、「十二代将軍家慶の目にとまって西の丸に上がった照代なる女性の話が出ている」ということであるから、鳶魚の弟子を自称していた岩崎はそれに拠ったものと思われる。

後年の回想記『幼少時代』（一九五五〜一九五六年）では、祖父は深川の釜屋堀の釜六という店の総番頭だったが、維新の際に店を預かって立派に営業をつづけ、世間が静まったあとに主人に店を返したので、深く主人から徳とされたという。その後、京橋の霊岸島《れいがんじま》に真鶴館《まなづるかん》という旅館を経営し、それを娘の夫に譲ると日本橋の蛎殻町で活版印刷業をはじめた。

谷崎が生まれた頃、両親はまだ祖父久右衛門の本家に同居していた。谷崎家の繁栄を一代で築き上げた祖父は、当時、近くの米穀取引所のその日その日の米相場の変動を毎夕印刷して売り出していた。その売れ行きで「谷崎活版所」は活況を呈していたが、進取の気性に富んだ祖父は、さらに点燈社《てんとうしゃ》（まだ電燈がなく、石油ランプだった市の外燈に灯《ひ》を点《とも》して廻《まわ》る仕事）や洋酒店など、文明開化の先端をゆく事業に目をつけて、手広く仕事を広げていった。

谷崎家の没落

谷崎は幼少期を祖父の勢力下に比較的裕福に、我がままいっぱい甘やかされて育てられた。その祖父は谷崎が三つのときに亡くなっている。父倉五郎は、はじめ祖父の配慮で洋酒店をひらいたが、経営はうまくいかず、ついで点燈社や、兄久兵衛にならって米穀取引業を行った。が、引っ込み思案の性格で、養父ほどの商才もなかったところから、いずれにも失敗し、一家は次第に経済的に逼迫《ひっぱく》していった。

谷崎の家がいよいよ零落しはじめたのは、一八九四年の谷崎が尋常小学校二年生のときであった。『母を恋ふる記』（一九一九年）には夢のなかで「七つか八つであった」「私」が、賑《にぎ》やかな日本橋の真ん中から辺鄙《へんぴ》な片田舎に引っ越し、寂しい田舎道をひとり歩いて行く姿が描き出されている。「私」の小さな胸は、「昨日に変る急激な我が家の悲運」のために子ども心にもいいようのない悲しみで一杯になる。このときの落魄感《らくはくかん》は一種の精神的外傷となって、幼い谷崎の心によほど深く刻みつけられたに違いない。

『幼少時代』では、「もう一度昔の乳母日傘《おんばひがさ》で暮らした時代に返りたいと云《い》ふ念が、いつも心の何処《どこ》かしらに潜んでゐた」という。九歳か十歳のときの経験として、「つい一二年前までは裕福に育つてゐた身が、今では貧家の忰《せがれ》になつたのだ」という意識から落涙したというエピソードも語られている。没落後の少年潤一郎にとって、幼年期の至福な楽園は、もはや取り返すすべもないものとなった。

「少年文学」との出会い

谷崎文学には官能をもって男性を魅了する妖艶なる女性と同時に、『母を恋ふる記』をはじめ『吉野葛《よしのくず》』（一九三一年）、『少将滋幹の母』（一九四九～一九五〇年）、『夢の浮橋』（一九五九年）など、若く美しい母への思慕を描いた作品の系譜もある。乳母日傘で暮らせた幸福な時代を懐かしんで振り返るとき、いつもそこにはその幸福を象徴するかのように光につつまれた若く美しい母のイメージがあったのだろう。谷崎の「永遠女性」への憧れの根底には、この若く美しい母のイメージが固着されていたものと思われる。

また谷崎はちょうどその頃に村井弦斎《げんさい》の『近江聖人』（一八九二年）に出会っている。谷崎が学んだ当時の阪本小学校には体育館がなかったので、雨が降ると体操の時間に受け持ちの先生が教室で生徒たちにいろいろな話をしてくれたという。尋常小学校当時の谷崎の担任は野川誾《ぎん》栄《えい》という先生だった。野川先生は漢楚《かんそ》軍談の鴻門《こうもん》の会や項羽《こうう》の垓下《がいか》での四面楚歌の話をしたり、「少年文学」という叢書《そうしょ》から巌谷小波《いわやさざなみ》『こがね丸』、川上眉山《びざん》『宝の山』、村井弦斎『近江聖人』、高橋太華《たいか》『新太郎少将』などの話をした。そのなかで谷崎は『近江聖人』にもっとも強い感銘をうけ、先生の話だけでは物足りないので、自分で買ってきて愛読したといっている。

博文館の「少年文学」は、日本の児童文学の嚆矢《こうし》とされる巌谷小波の『こがね丸』を第一編として一八九一年一月から刊行が開始された。『近江聖人』はその第十四編として刊行されている。本シリーズは圧倒的に伝記ものが多いが、それは明治国家の第二世代の少国民としての役割を自覚させ、国家有為の人材を育成するのに、歴史上の模範とすべき人物の伝記を提供することが、もっとも手っ取り早い手段だったからだろう。

村井弦斎『近江聖人』

村井弦斎の『近江聖人』の内容を簡単に紹介しておこう。

江戸初期の儒学者で、我が国の陽明学派の祖である中江藤樹《なかえとうじゅ》は近江聖人と呼ばれたが、これはその少年時代に材を得て描いたものである。多分に作者の想像をまじえて描かれたフィクションの要素の強いものだが、作中では少年時代の中江藤樹が藤太郎といった名前で登場している。

藤太郎は父を亡くし、学問修行のために伊予の大洲《おおず》にいる叔父のもとに預けられる。母からは学問に精を出して一人前の士分になるまでは、決して帰って来てはならぬといい聞かされている。母は故郷の近江の国小川村にただひとり待っているが、あるとき藤太郎は母が叔父に宛てた手紙のなかに、馴《な》れない水仕事で手足に皹《あかぎれ》ができて難儀していることを記しているのを見て、母がいとおしく傷ましくてたまらなくなる。

藤太郎は大洲から五里の新谷《にいや》の、切支丹事件で追われた中田長閑斎のところに皹の妙薬があることを知り、それを乞いうける。十一、二歳の少年の身で、叔父にも断らず、母の戒めに背いて、ひとり旅に出る。松山から今治《いまばり》に出て、船で兵庫に上陸し故郷へ急ぐ途中、小川村へ越える山路で吹雪に遭い、ほとんど凍え死にしそうになりながら、ある朝早く恋しい我が家の門前にたどり着く。

まだ玄関の戸は締まっていて、裏手の井戸で車の軋《きし》る音がする。誰が水を汲《く》むのであろうかと、裏へ廻ってみると懐かしい母上である。

「母さま、私が汲みませう」と取り縋《すが》ると、母は屹《きっ》となって、「叔父さまと御一緒か」と聞く。藤太郎が言葉なく俯向《うつむ》くと、皹で血がにじんでいる母の足が眼にはいる。「お、、おみ足がこんなに切れて、………」と、藤太郎は懐から長閑斎の妙薬を取りだして母の足に塗り、百里の道をひとりで旅してきた仔細《しさい》を語る。

母は我が子のやさしさに溺れようとする心を励まし、「それでは約束と違ひます、その足で直《す》ぐ叔父さまの所へお帰りなさい。そなたの志の薬だけは受けませう」という。母の情けの路銀をおしいただいた藤太郎は、そのまま我が家を後にして四国へ帰らなければならなかった。

「見送る母、見返る子、満天の風雪、路悠々」。

近代における中江藤樹像

谷崎は『幼少時代』にこの粗筋をかなり詳しく紹介している。ここに私が紹介したのも谷崎の要約に基づいているが、谷崎の紹介文中のカギカッコ内の引用などは村井弦斎の原文と微妙に違っている。谷崎はここまでの話を記して、「それがいかにも少年の胸に訴へるやうに、感傷的に書いてあつたので、私は何度も読み返しては泣いたことを覚えてゐる」という。が、村井弦斎の『近江聖人』はここで終わっているわけではない。

近江の小川村に帰ってから、近江聖人と人々から仰がれるようになった成人後の中江藤樹のエピソードもいくつか記されている。近郷近在の人々を徳化し、それが街道の雲助にまで及んだこと、熊沢蕃山《くまざわばんざん》が入門するために三日三晩門前に端座したこと、その蕃山が仕えた備前岡山の松平侯（新太郎少将、名君として知られる池田光政のこと）が中江藤樹を聘《へい》するために江戸出府の折にわざわざ小川村へ立ち寄ったことなどを記し、「近江聖人は遂《つい》に居ながらにして海内《かいだい》諸侯の師と仰がれたり、是《こ》れ唯《ただ》徳の到《いた》す所、嗚呼《ああ》徳乎《とくか》徳乎我今徳を何処《いづく》にか求めん」と結んでいる。

村井弦斎は一八六四年に三河吉田藩の武家に生まれ、報知新聞社の記者をしながら多数の小説を執筆した。もっともよく知られているのは作中に多くのレシピを紹介し、明治期にベストセラーとなった『食道楽』（一九〇三年）だろう。『近江聖人』もよく読まれたようで、『博文館五十年史』（一九三七年）によれば「明治三十八年末までに二十九版、三万七千五百部を印刷」し、シリーズのなかでもっともよく売れたものという。

和辻哲郎《わつじてつろう》は小学校にあがる前にこの村井弦斎の『近江聖人』を読んで感動し、「わたくしはこの書を宝物のやうにして、絶えず身近に置いて愛玩してゐた」（『自叙伝の試み』）といい、武《む》者小路《しやのこうじ》実篤《さねあつ》は自伝小説『或《あ》る男』（一九二三年）に幼少期の読書体験に触れて、「殊《こと》に近江聖人に泣かされた。あかぎれの薬をかひに侍の多勢ゐる処に出かけてゆく処や、雪のなかをはる〴〵と薬をもつて母に叱られて帰る処なぞには泣かされた」と記している。谷崎と同世代のものには、この村井弦斎の『近江聖人』は、少なからざるインパクトを与えたようである。山住正己《やまずみまさみ》『中江藤樹』（一九七七年）によれば、小学校教科書が国定制になって第二期（一九一〇年から一二年にかけて刊行）から最後の第五期（一九四一年から四三年にかけて刊行）まで、中江藤樹は修身の教科書に出ずっぱりだった。親孝行な、仁義道徳の体現者である中江藤樹は、明治以来の文部省が理想とした人物像で、次世代の国民を教化善導するに有用な人物と公認されたわけである。

ファンタジーに富んだ、心躍るような楽しい物語などよりも、将来のために有為な人材を養成することが、明治の草創期の児童文学には求められた。村井弦斎の『近江聖人』はそうした特色がよく示されている。そればかりか、明治以降の中江藤樹像を形成するうえに決定的に大きな影響を及ぼしたといえる。

稲葉清吉先生

『近江聖人』には父が亡くなり、奉公人も去って、故郷の小川村でひとり馴れない水仕事に骨を折る母親の姿が描かれていた。谷崎は、いつも自分の母を語るに、飯の炊き方も知らなかったと表現している。谷崎家が零落してからは奉公人も雇えず、毎朝父が母より先に起きて竈《へっつい》を焚《た》きつけ、ときどきは谷崎も父の代わりをしたという。

おそらく幼い谷崎は、『近江聖人』の主人公の境遇をストレートに自己のそれと重ね合わせ、同一化せざるを得なかったのだろう。谷崎のこの作品への愛着の根底には、こうした自己の体験も介在していたと思われる。

『近江聖人』が谷崎に及ぼした影響は、それだけではない。やがて高等小学校へ進んで、四年間にわたって稲葉清吉先生からの薫陶をうけることになるが、『近江聖人』の読書体験がその下地をつくっていたのである。

石川悌二《ていじ》『近代作家の基礎的研究』(一九七三年)で紹介された東京都公文書館に保存された履歴書によれば、稲葉清吉は一八七〇年の生まれで、一八九一年に東京府尋常師範学校を卒業している。卒業後すぐに阪本小学校に勤めだし、最初の年に半年ほど谷崎も教えたが、そのときには乳母がついていなければ授業もうけられない弱虫の谷崎を落第させている。高等小学校で再び谷崎を担任したときには、師範学校を出たばかりの経験の浅い先生ではなくなっていたが、それでもなお新進気鋭の二十七、八歳の独身で、情熱的な教育者であった。

稲葉先生は教室で杓子《しゃくし》定規な教え方をせず、修身の時間や読本、歴史の時間などには、臨機応変に教科書にとらわれることなく、自由闊達《かったつ》な授業を展開した。矢野龍渓《りゅうけい》の『経国美談』や曲亭馬琴の『椿説弓張月《ちんせつゆみはりづき》』の話をし、上田秋成の『雨月物語』中の「白峰《しらみね》」を読んだりした。柴田鳩翁《きゅうおう》の『鳩翁道話』のような心学の解釈もし、鈴木正三《しょうさん》のことを話すときはいっそう熱が籠もっていたという。

また日曜には有志の生徒を誘って近郷の名所を散策し、その往《い》き帰りの途にも好きな詩や歌を吟じ、それに関連する事柄を語って倦《う》むことがなかったという。

これは私の己惚《うぬぼ》れかも知れないが、思ふに或る時代の稲葉先生は、私の将来にすべての望みを懸け、自分の受け持ちの級の中に、私と云ふ生徒のゐることに生《い》き甲斐《がい》を感じてゐたのではあるまいか。（ほかに優秀な生徒もいたけれども……引用者注）私のやうに先生の言動に強い反応を示すことはなかつたので、先生としては私を自分の鋳型に篏《は》めることに力を注いたのではあるまいか。が、先生には文学趣味もあつたけれども、真に志すところは古《いにし》への聖賢の道で、私を儒教的に、もしくは仏教的に育成することを念としたらしいので、しまひには私に失望する結果となつた。私は次第に、自分の哲学や倫理宗教に対する興味は、要するに一時の附《つ》け焼刃で、先生からの借り物であるに過ぎず、自分の本領は純文学にあることを悟るやうになるにつれて、いつからともなく先生と離れてしまつた。

（『幼少時代』）

稲葉先生の教育は一種の英才教育だった。谷崎もいうように「それをあの時代の下町の小学校に施さうとしたことは、適切を欠いてゐた」かもしれない。今日でも公教育の場でこうした授業を行ったならば、大きな問題となるだろう。東京都公文書館には、一九〇六（明治三十九）年三月付の稲葉清吉への「休職申請」の書類が残されている。

「右者首席訓導ノ地位ニアリナガラ近来兎角《とにかく》校長ト不折合ニシテ教授上ノ注意ヲ受クルモ肯《がえん》ゼザルコトアリ、部下監督上ニ及ボス影響少ナカラザルニ依《よ》リ到底現職ニ据置難キ場合ニ付、小学校令施行規則第百二十七条ニ依リ三ケ月間休職ヲ命ゼラレ度《たく》」云々《うんぬん》。これによって稲葉先生は神奈川県橘樹《たちばな》郡旭村（現在の横浜市鶴見区北西部と神奈川区東部、および港北区のごく一部にあたる）の、教師は先生一人という小学校へ行かねばならなくなった。

谷崎が高等小学校を終えたとき、丁稚奉公に出すという親を強く説得し、府立第一中学校への進学を可能にしてくれたのは稲葉先生だった。谷崎は中学生になっても稲葉先生を慕い、始終先生を訪ねて教えをうけていた。稲葉先生が都落ちしたときは、第一高等学校の二年生だったが、大学時代までときどき思い出しては草深い田舎へ訪ねていったという。

辺鄙な地に村夫子《そんぷうし》の生活を送る稲葉先生に、谷崎は「小川村の聖人中江藤樹」のイメージを重ねている。やがて学校の先生を辞めて沖電気の倉庫番をしていたが、一九二六年に電車に撥《は》ねられて不幸な死をとげたという。教師としての稲葉先生は不遇だったかもしれないが、日本の近代文学を代表する谷崎潤一郎の育ての親だったことが、せめてもの慰めだったろう。

〈神童〉谷崎潤一郎

谷崎は高等小学校から中学時代の自己を振り返って、『神童』（一九一六年）という自伝的な作品を書いている。実際の谷崎自身の体験より多分に誇張され、虚構もまじえて、徹底的に戯画化されて描き出されているが、おそらく主人公の心情は当時の谷崎の気持ちそのままだったといっていいだろう。

『神童』の主人公瀬川春之助は、高等小学校時代からすでに平仄《ひようそく》（漢詩作法における音声上のきまり）が合った漢詩をつくったと描かれる。その才能を確かめるために教師が、「はつせのや里のうなゐに宿問へば霞《かす》める梅のたちえをぞさす」という歌を示してみると、春之助はたちどころにそれが釈契沖《しやくけいちゆう》の歌であると指摘して、「牧笛声中春日斜。青山一半入紅霞。借問児童帰何処。笑指梅花渓上家」という漢詩を詠んでみせる。

谷崎が中学一年のとき、「学友会雑誌」にはじめて載せたのは「牧童」と題した漢詩だった。「牧笛声中春日斜。青山一半入紅霞。行人借問帰何処。笑指梅花渓上家」というものだ。これは杜牧《とぼく》の「清明」と題された著名な漢詩――「清明時節雨紛紛、路上行人欲断魂、借問酒家何処有、牧童遥指杏花村（清明の時節　雨紛紛、路上の行人　魂を断たんと欲す、借問す　酒家は何処に有る、牧童　遥《はる》かに指す　杏花の村）」を換骨奪胎したものである。

『神童』で春之助が読んだという漢詩は、第三連の語句が若干換えられているものの、中学時代の自作をそのまま使っている。こうしたエピソードによっても明らかなように、稲葉先生から英才教育をほどこされ、その薫陶に浴した谷崎は、高等小学校時代から中学時代にかけて神童の名をほしいままにした。

『神童』の春之助は高等小学校を終えると、中学校へあがるだけの経済的な余裕のない両親から丁稚奉公に出されそうになる。両親から丁稚奉公へ出ることを説得するように頼まれた小学校の教師は、春之助に「そんなに勉強して将来何になるつもりか」と問いかける。すると、春之助は「聖人」になって、世の中の多くの人の魂を救ってやるのだと答える。そんな春之助は小学校の校長の尽力で、父が番頭を務める木綿問屋の主人の家に家庭教師兼書生として置いてもらうことになって、ようやく中学への進学が可能となる。

谷崎の場合は、稲葉先生の説得と伯父の久兵衛からの援助で中学へ進学することができたが、中学二年の一学期にたび重なる父の事業の失敗から廃学の余儀なきに至った。が、やはり谷崎の学才を惜しんだ中学の教師の斡旋《あっせん》で、築地精養軒の主人北村家に家庭教師兼書生として住みこむことで、学業をつづけることになった。奨学金といった制度もない昔は、こうした篤志家の存在によって優秀な人材が社会的に葬られることを防いでいたわけである。

聖人願望

中学に進学した春之助は、すぐに頭角をあらわし、全級の評判となる。

或る日修身の時間に、教師が「諸君は何のために学問を修めますか。」と云ふ質問を提示して、五六人の生徒に答へさせた。「瀬川」と最後に呼ばれた時、春之助は立ち上つて、「私は将来聖人となつて、世間の人々の霊魂を救ふために学問をするのです。」と、朗らかな調子で云つた。どつと云ふ嘲笑の声が満堂の生徒の間に起つた。教師の顔にも皮肉な微笑が浮かんで見えた。

「君等は何を笑ふのかあ！」

突如として春之助は渾身《こんしん》の声を搾りつゝ火のやうな息で怒号した。

「何がをかしくて君等は笑ふのだ。僕は嘘《うそ》を云ふのではないぞ。確乎たる信念を以《もっ》て立派に宣言して居るのだぞ！」

彼は眦《まなじり》を決し拳を固めて場内を睥睨《へいげい》しながら、仁王立ちに突つ立つたまゝ連呼した。教師も生徒も一度にぴたりと鳴りを静めて、満面に朱を注いだ彼の容貌を愕然《がくぜん》として仰ぎ見た。

（『神童』）

これ以来、春之助には「聖人」という綽名《あだな》がついた。谷崎の身の上に実際にこうした体験があったのかどうか分からないが、おそらくはフィクションだったのだろう。それにしても日清戦争後の多くの少年たちが憧れたのは第一に軍人で、次いで政治家や実業家だったと思われるが、聖人志望とはいたってユニークなものだった。が、稲葉先生の薫陶をうけた潤一郎少年のいつわらざる思いだったに違いない。

こうした聖人願望も、やがて思春期となって外界からのさまざまな刺戟《しげき》をうけることによって、純粋に維持しつづけることも難しくなってゆく。俗に神童も二十歳《はたち》を過ぎればただの人といわれるが、ある意味でこの作品はその典型を絵に描いたようなものだったかもしれない。

春の目覚め

春之助が住みこんだ家の主人は、正妻が亡くなったことで、元藝者の妾《めかけ》お町がそのまま家に入っている。春之助は、そのお町とのあいだに生まれたお鈴と、正妻の忘れ形見の玄一のふたりの勉強を見てやる。はじめはその華美な暮らしぶりに反感をいだかざるを得ないが、やがて奥座敷からのそれまで見たことも口にしたこともないような「お余り」をいただくことに限りない喜びを感ずるようになる。生意気だが、悧巧《りこう》で美しい娘に育ったお鈴と一緒に、劣等生の玄一をいじめることにも不思議な快感を感じる。

春の目覚めとともに、「一遍小耳へ挟んだら未《いま》だ嘗《かつ》て忘れた事のないと云はれた自慢の脳髄が、無残にも空洞《うつろ》のやうに涸《か》れ果てゝしまつたらしく、（中略）脳の力の弛《ゆる》むにつれて、無理やりに圧搾されて居た細かい智識の数々が、恰《あたか》も瓦斯《ガス》の発散する如《ごと》く、隙を狙つて次第々々に飛び散つてしまふらしかつた」という。またお町やお鈴たちがかもす女性的な美しい、妖艶な世界に憧れ、恋い慕うようになり、隙を偸《ぬす》んでは芝居の立見をするようにもなる。


「あゝ、自分の天才は斯《か》くの如くにして結局滅茶々々に毀《こぼ》ち破られてしまふのであらうか。」

彼は情なく傷き倒れた自分の末路を、ありありと前途に望むことが出来るやうな心地がした。

少くとも彼が年来の目的であつた聖者哲人の境涯は、遥か彼方《かなた》へ隔絶してしまつたのである。

醜い肉体の中に盛られた浄《きよ》い精神はいつの間にやら外部の腐蝕《ふしよく》に感染して機能を滅却したのではあるまいかと想像された。

「どうして自分は此《こ》れ程までに堕落してしまつたのであらう。自分の頭脳は再び以前の活溌《かっぱつ》な働きを恢復《かいふく》することは出来ないのであらうか。」


（『神童』）

春之助はその「堕落」の原因が、「あの忌まはしい悪習慣」であることはよく知っている。「彼の心身の奥深く喰ひ込んでしまった狂はしい悪習慣は、絶えず煩悩の炎を燃やして、直《ただ》ちに彼を誘惑の底へ突き落し」、ほとんど不可抗力をもっておし寄せる情欲の炎に巻き込まれてしまう。それを禁じることさえできたならば、昔のような玲瓏《れいろう》透徹な頭脳を取り戻すことが可能であると知りながら、自分の運命をいかんともすることができない。

感性美の発見

赤川学《まなぶ》『セクシュアリティの歴史社会学』（一九九九年）によれば、文明開化期の翻訳セクソロジーによって、オナニーは神経や脳に悪影響を及ぼすという十九世紀の欧米医学界に広まったオナニー有害論が日本社会にも紹介された。貝原益軒《かいばらえきけん》の『養生訓』にはオナニーについての直接の記述はないが、一八七五年の『造化機論』（ゼームス・アストン原撰、千葉繁訳述）をはじめとする開化期に多く刊行された性科学書において、オナニーが脳や神経組織の消耗と関連づけて論ぜられるようになったという。

なかでも一八七八年に刊行されて、圧倒的な人気を博した『通俗男女自衛論』（独逸博士列篤《レタ》于《ウ》著、三宅虎太訳述）全五巻は、第二巻を全篇《ぜんぺん》「手淫及多淫の忮《が》害《い》」にあて、木本至《きもといたる》『オナニーと日本人』（一九七六年）の表現をそのまま借りれば「呆《あき》れはてた執念深さでオナニーを責めたて」ている。

谷崎が思春期を送ったのは、二十世紀のゼロ年代前半であるが、ちょうどこれらの言説が行きわたった時期である。当然なことに、春之助にも開化セクソロジーのオナニー有害論がしっかり刷り込まれて、それに打ち勝てない自己に罪悪感を感じざるを得ない。

「己は子供の時分に己惚れて居たやうな純潔無垢《むく》な人間ではない。己は決して自分の中に宗教家的、若《も》しくは哲学者的の素質を持つて居る人間ではない。己がそのやうな性格に見えたのは、兎も角一種の天才があつて外の子供よりも凡《す》べての方面に理解が著しく発達して居た結果に過ぎない。己は禅僧のやうな枯淡な禁欲生活を送るにはあんまり意地が弱過ぎる。あんまり感性が鋭過《するどす》ぎる。恐らく己は霊魂の不滅を説くよりも、人間の美を歌ふために生れて来た男に違ひない。己はいまだに自分を凡人だと思ふ事は出来ぬ。己はどうしても天才を持つて居るやうな気がする。己が自分の本当の使命を自覚して、人間界の美を讃《たた》へ、宴楽を歌へば、己の天才は真実の光を発揮するのだ。」

さう思つた時、春之助の前途には再び光明が輝き出したやうであつた。彼は明くる日から哲学の書類を我慢して通読するやうな愚かな真似《まね》をやめにした。彼は十一二歳の小児の頃の趣味に返つて、詩と藝術とに没頭すべく決心した。

『神童』はこうした一節で閉じられる。小林秀雄は「『神童』の理智は、次々に現れる今まで見た事のなかったこの世の意匠の感性的発見の前に、殆ど信じられない程の謙譲で降伏する」と評し、これを「作者が自らの資質の発見史」と呼んだ（「谷崎潤一郎」）。たしかに谷崎の資質は天下国家を論じたり、小難しい哲学的形而上学をこねくり廻すところにあったわけではないようだ。春之助のように「宗教家的、若しくは哲学者的の素質を持つて居る人間ではな」く、鋭い感性によってこの世の美を讃え、人間世界の享楽を歌いあげるのに適していたようである。

アイデンティティクライシス

ひところ〈私探し〉ということがだいぶ話題となった。少年から青年への移行期においてかけがえのない自己、独自な意味ある存在としての自己が求められる。いま、ここにある「私」がどうしても本当の自分とは考えられず、どこかに存在するはずの本当の自分を探しつづける旅に出る。しかし、世界中どこを探しても、そんな自己が存在するはずもない。「私」とはいくらでも取り換え可能な存在で、とるにたりないそんな「私」など、この現実にはなんらの価値をもつこともできない。

いってみれば、アイデンティティクライシスである。眼前の誘惑にあまりにも脆《もろ》く降伏してしまい、「禁欲生活を送るにはあんまり意地が弱過ぎる」ことは、近代においては克服されなければならない、否定されるべき弱点とみなされる。一八九〇（明治二十三）年には教育勅語が発布され、学校教育でも忠君愛国主義と儒教的な道徳観がその中心に据えられた。聖人願望をいだいた春之助がそれから脱落することは、明治国家では間違いなくその中心から周辺的な存在へと遠く離れてゆくことであり、エリートからの堕落である。

春之助は、いわば逆転の発想によって、その「堕落」――自己の弱さ、鋭敏すぎる感性から人間の世界をとらえ返そうとする。中心的な存在から離れたマージナルなものからの反撃である。そのとき否定性そのものは肯定性へ切り換えられ、受動的なものが能動的なものとなる。それはちょうど谷崎が稲葉先生からのお仕着せの価値観ではなく、自前の身の丈にあった世界観によって「自分の本当の使命」を見いだそうとしたことに重なる。このあとに「自分の本当の使命」を自覚した谷崎は、どのように作家としてのアイデンティティを獲得するまでの道を歩んだのだろうか。

第二章　〈性の解放〉へ向かって

——美的生活論からクラフト・エビングへ

文学の道へ

時代のただなかにいるときには、時代が見え難い。ひとの生涯も同じことで、時間が経過したあとに過去を振り返ってみたとき、時間の遠近法によってはじめて気づかされることが多い。若き日の読書体験からうけた影響も、そうした傾向が強い。

前章で指摘したような聖人願望をいだいた谷崎が、やがて文学の道へ歩を進めるにあたって、中学時代に愛読した明治期の著名な文藝評論家だった高山樗牛からうけた影響が大きかったと思われる。が、谷崎の樗牛への思いは非常にねじれたもので、樗牛からストレートに感化をうけたというわけではない。

谷崎は樗牛について何度か辛辣な悪口を書いている。「夏日小品」（一九一七年）では「樗牛」

の小見出しがもうけられ、「日本にニイチエを紹介した者は樗牛である。しかし樗牛の美的生活論を読んで見ると、一向ニイチエの思想の真諦に触れて居ないやうな気がする。樗牛はニイチエを、ほんたうによく了解して居なかつたのではあるまいか」といっている。「樗牛は才子であつたかも知れないが、あんな才子にはなりたくない」ともいっている。

また『青春物語』（一九三二～一九三三年）ではもっと手厳しい。「何一つとして独創性の認められるものはな」く、「真に傑《すぐ》れた評論家であるなら、幼稚な中にも何か後人を首肯せしめるものがなければならないが、何処にもそんなものは見出だされない。たゞ、肺病で涙脆い青年の書いた一種の美文と云ふに止《とど》まる」と酷評している。「『吾人《ごじん》は須《すべから》く現代を超越せざるべからず』などゝ云ふ勿体《もったい》らしい文句も、空疎で何の意味もなく、気障《きざ》さ加減が鼻持がならない。あれなんぞは、下らない人間がエラさうな墓碑銘を遺すと、後世迄《まで》も恥《はじ》を曝《さら》すことになる、その適例であると云ひたい」ともある。ここまでいうかと思うほどのこきおろしようである。

しかし、細江光《ほそえひかる》『谷崎潤一郎　深層のレトリック』（二〇〇四年）にも指摘されているように、中学校時代の谷崎は樗牛を愛読し、そこから決定的な影響をこうむったようである。

高山樗牛

高山樗牛は一八七一年に旧庄内藩士の子として生まれ、東京帝大哲学科に在学中に「読売新聞」の歴史小説懸賞に応募して二等入選（一等該当作なし）した『滝口入道』（一八九四年）を同紙に発表。その後、博文館の総合雑誌「太陽」の文藝欄の編集を担当し、一九〇〇年には、夏目漱石、芳賀矢一《はがやいち》らとともに、文部省留学生として美学および美術史の研究のため三年間のヨーロッパ留学の内定をうけた。が、出発間際の送別会後に喀血《かっけつ》して、留学を取り止めざるを得なかった。そして翌々年の一九〇二年に満三十一歳の若さで亡くなっている。

樗牛は「世界歴史譚《たん》　第一編」として『釈迦《しゃか》』（一八九九年）を刊行している。この博文館から刊行された「世界歴史譚」のシリーズは、大和田建樹《たてき》の「日本歴史譚」全二十四巻の姉妹編である。谷崎は「日本歴史譚」を愛読していたが、「世界歴史譚」の第二編は吉國藤吉《よしくにとうきち》の『孔子』、第三編は上田敏《びん》の『耶蘇《やそ》』である。聖人願望をいだいていた潤一郎少年としてはすぐにも買い求め、熟読したいものだったろう。

晩年になって志賀直哉との対談「回顧」（一九四九年）で、谷崎はこの樗牛の『釈迦』に言及している。子どもには程度が高い「名文」で、難しかったけれど、「動かされたことは動かされた」と語っている。実際、谷崎が中学四年のときに「学友会雑誌」に投稿した「春風秋雨録」（一九〇三年）に、釈迦が「孤錫飄然《こしゃくひょうぜん》南の方恒河《ごうが》の大流を渡り、摩加陀《まかだ》国に入り」、その国王と問答するくだりを、樗牛の『釈迦』第九章「阿羅邏《アラーラ》仙人」の表現をふまえるかたちで書いている。

また同じ号に載せられた「歳末に臨んで聊《いささか》学友諸君に告ぐ」という文章で、谷崎は樗牛を正岡子規、尾崎紅葉と並ぶ「天才」として、「一片の文、よく明治の文壇を沸騰せしめたる高潔熱情の詩人高山樗牛」の死を悼んでいる。細江光によれば、大貫晶川《おおぬきしょうせん》（雪之助。谷崎の一中時代からの親友で、岡本かの子の兄）の日記の一九〇四年五月二十六、二十七日には、「谷崎氏、第二の樗牛氏」という記述があるという。おそらくこの時期まで谷崎は「第二の樗牛」を気取っていたのだろう。

「美的生活」論争

今日、文学史のうえで高山樗牛の名は、一九〇一年八月の「太陽」誌上に掲げられた「美的生活を論ず」によって知られている。この一篇で樗牛は、道徳や知識は相対的価値しかもたないもので、絶対的価値を有する「美的生活」こそが人間の本来的な要求であると説いた。どんな目的をもって生まれてきたか、私たちは知らないとしても、生まれた後には「幸福」を目的とせざるを得ない。では、その「幸福」とはいかなるものか。

幸福とは何ぞや、吾人の信ずる所を以て見れば本能の満足即《すなわ》ち是のみ。本能とは何ぞや、人性本然の要求是也《なり》。人性本然の要求を満足せしむるもの、茲《ここ》に是を美的生活と云ふ。

しかも「人生の至楽は畢竟《ひつきよう》性欲の満足に存する」というのだから、当時の言論界は賛否両論が入り混じって沸騰し、大論争へと発展した。

これが発表された前年にはニーチェが没しており、ようやく日本でもニーチェが紹介されはじめた時期である。ドイツ文学者の登張竹風《とばりちくふう》は、「美的生活を論ず」が発表されるや早速に翌月の「帝国文学」に「美的生活論とニイチエ」を書いて、樗牛の立論がニーチェに拠っているとして美的生活論を支持した。

「美的生活を論ず」のなかで樗牛は一度もニーチェに言及することはしていない。そればかりか、樗牛自身はニーチェとの影響関係を明瞭に否定している。が、それにもかかわらず、谷崎が樗牛の美的生活論をニーチェの紹介と受けとめていたように、一般にこの美的生活論はニーチェとのかかわりにおいて論じられてきた。

それは登張竹風の論説の力が大きかったからであり、また樗牛自身もこの直後にニーチェを讃美する文章を書いたからでもある。登張は、ニーチェは「幸福」という文字こそ用いていないが、人類本来の自由の本能を抑圧する「道徳に反抗し、法律を無視し、社会の制度を侮蔑」して、「本能を以てその人生観の基礎」としている点において、ニーチェの学説は樗牛の美的生活論にそのまま重なると指摘している。

真岡勢舟《まおかせいしゅう》「青鬼堂《せいきどう》に与ふる書」

谷崎はこの美的生活論に強い関心を喚起され、その後に展開された論争まで追いかけて読んだようである。谷崎が中学校時代に「学友会雑誌」に掲載した「厭世《えんせい》主義を評す」（一九〇二年）、「道徳的観念と美的観念」（同）、「無題録」（一九〇三年）などには、明らかに樗牛の美的生活論を読み、その影響をうけた痕跡を認めることができる。が、必ずしも全面的に美的生活論に賛意を表していたわけでもない。

それが中学四年の十七歳のときに書いた「文藝と道徳主義」（一九〇四年）になると、樗牛の美的生活論にだいぶ同情的である。文学と道徳とのかかわりについて論じたこの論文は、美的生活論争の周辺論文のひとつである真岡勢舟の「青鬼堂に与ふる書」に決定的な影響をこうむっている。この真岡論文は「荘子とニーチエとを論ず」という副題がついているように、「美的生活」論で話題となったニーチェを荘子との関連において論じたものである。

真岡の「青鬼堂に与ふる書」は、明治の仏教界で精神主義を説いた真宗大谷派の清沢満之《きよざわまんし》のもとに集まった浩々洞《こうこうどう》の三羽烏といわれた暁烏敏、佐々木月樵《げっしょう》、多田鼎《かなえ》によって創刊された「精神界」の一九〇二年二月号に掲載された。「青鬼堂」とは「精神界」の編集を担当した暁烏のことだが、勢舟はこの前年にも同誌に「精神主義の文学（『一年有半』と『美的生活論』）」

という文章を載せており、「美的生活」論争に少なからざる関心をいだいていたようである。「青鬼堂に与ふる書」については以前に言及したこともある（『谷崎潤一郎　狐《きつね》とマゾヒズム』）。そのときには真岡勢舟についてまったく知るところもなかったが、今回、その生涯のあらましを知ることができた。『無窮堂　真岡湛海《たんかい》と求道』（一九六八年）、『勢舟　真岡湛海を偲《しの》んで』（一九八九年）によれば、本名は湛海で、無窮堂とも号した。真宗高田派の僧侶で、一八七三年に伊勢一身田町《いしんでんちょう》、隆宗寺稲垣湛空の次男として生まれ、長じて鈴鹿市三日市町《みっかいちちょう》寿福院、真岡慶雄の猶子（養子）となり真岡姓となった。東京帝大哲学科を卒業し、大学院へ進学したが、真宗勧学院綜理《そうり》だった伯父から後継者として帰省を要請されて、勧学院中学科長として赴任、やがて綜理に就任。一九一九年に四十七歳で亡くなっている。

ニーチェと荘子

真岡は「余の見るところを以てすれば、荘子は実に東洋のニーチエなり。ニーチエは実に西洋の荘子なり」といっている。「文藝と道徳主義」にこの一文を引用しながら、谷崎は「旨《うま》い哉言や、彼が真人の理想を以て、此が超人に比し、その逍遥遊を以て、このザラトフストラに比す、夫《そ》れ或は大に当らざるあらむ。然《しか》れども冷嘲熱罵の筆を逞《たくま》しうして縦横に社会を詬《のの》り、狭頑なる道徳主義に対して大駁撃《だいばくげき》を試みし点に於《おい》て、吾人が磊塊《らいかい》の不平を遣るの点に於ては即ち一なり」といっている。

もとより中学生の谷崎がニーチェをそれほど読みこんでいたわけではないだろう。その思想をどれほど把握していたかといえば、はなはだ心許《こころもと》ないばかりだったろう。が、真岡の論に導かれながら、荘子の理想とする「真人」をニーチェの「超人」に比較し、『荘子』「逍遥遊《しょうようゆう》篇」とニーチェの『ツァラトゥストラはこう言った』とを対比して、「狭頑なる道徳主義」へ批判を加えているのである。

もちろんニーチェと荘子とを同一とすることは、当を得ていないかもしれない。しかし、「冷嘲熱罵の筆」をふるって、縦横無尽に社会を批判し、偏狭な道徳主義に痛棒を喰らわせていることで、自分たちの内部にわだかまる不平不満の塊を解消してくれることでは同じだというのである。

谷崎は「春風秋雨録」でも、書生として他人の家に寝起きしなければならない境遇からもたらされる貧富の差に対する憎しみや、「一切の道徳を虚妄とし一切の現象を夢幻と観じ」ざるを得ない人生についての煩悶《はんもん》を語り出していた。「文藝と道徳主義」では、そうした不平をいっそう募らせ、「予や不幸幼にして人生の災禍に遭逢《そうほう》し、貧困の中に育ちて運命の神の手に奔《ほん》弄《ろう》せらるゝこと茲に十九年」といっている。

さらに築地精養軒の北村家に住みこみ家庭教師兼書生でいたわけだから、「社会の下層に呻《しん》吟《ぎん》して恩人の慈悲にすがり、中学へ通へる一介の貧書生に過ぎざるも、而《しか》も時に胸中に不平満々として僅に荘子、ニイチエを思うて自快となし、鬱屈を遣る時なきにあらず」と嘆ずる。こうした自分の不遇な境遇に対する不平不満を、荘子、ニーチェを読むことで慰め、その鬱憤を晴らしているというのである。

荘子＝対＝道学先生

真岡の「青鬼堂に与ふる書」をもう少し細かく見てみよう。真岡は『荘子』の「駢拇《へんぼ》篇」「胠篋《きょきょう》篇」などに言及しながら、「荘子の無為を説き、天道を説き、至楽を説き、達生を説き、至道を説くもの、具《つぶ》さに之《これ》を考察すれば、固《もと》よりニーチエの主義と同じからず。然れども敵は本能寺にあり。荘子＝対＝道学先生は、ニーチエの対するそれと又《また》相似たらずや」といっている。

「道学先生」とは、道理や道徳をかたくなに重んじて、融通のきかない、世事や人情にうとい堅物の学者を皮肉っていった言葉である。荘子に対峙《たいじ》する「道学先生」とは、まずさしあたっては『論語』に記された孔子の言葉を四角四面の額面通りに受けとる儒学者ということになる。

荘子とニーチェとはまったく同じというわけではないが、既成の道徳や価値観に厳しく対峙することではよく似ている。荘子やニーチェに拠りながら、谷崎が対峙しなければならなかったのは、稲葉先生の薫陶によって深くうえつけられた聖人願望そのものだったといえよう。
「駢拇篇」の駢拇とは、足の第一趾《し》と第二趾がくっついて一本に見えること。足が駢拇であろうと、手の指が六本ある枝指《しし》であろうが、天から借りうけた身体《からだ》なのだから、あるがままに受け入れた方がいい。鴨《かも》の足が短いから、それを伸ばしてやろうとしても鴨は嫌がるだろうし、鶴の足が長いから、それを短くしてやろうとしても鶴は悲しむだけである。手を加えたとしても憂いの心を除き去ることはできない。儒家の仁義とは、自然のままの形態を人為的に矯正しようとすることであって、人のまことの心とは違う、と荘子はいう。

谷崎は「文藝と道徳主義」に、真岡の言及した『荘子』「駢拇篇」の原典を長々と引用している。そして、「何ぞニイチエ一派の本能主義と相酷似せるの甚しき、吾人茲に至て快哉《かいさい》を叫ばざるを得ず」という。ここにいう「ニイチエ一派の本能主義」とは、高山樗牛のいう「本能の満足」を希求する「美的生活」の謂《い》いである。つまり、荘子の無為自然に世界をあるがままに受け入れようとする姿勢が、樗牛のいう道徳や知識などの相対的価値に染まらない、人生の本来の要求たる本能を満足させる「美的生活」と似ているといっているのだ。しかも、そうした生き方を「快哉」をもって迎えるというのである。

また『荘子』「胠篋篇」は、きわめてシニカルで、逆説的な論説である。盗賊の害を防ぐには箱に縄をかけたり錠をかけたりしておく。が、それは箱ごと盗んでしまう大泥棒のために貯《たくわ》えて、運びやすいように準備しておいてやることである。聖人の知恵と称するものも同じで、国を盗むような大盗賊は聖人の定めた法まで盗んで、我が身の安泰をはかるではないか。聖人の数が倍になれば、盗跖《とうせき》（大盗賊）の利益も倍増するという。

やはり谷崎は、真岡が言及したこの箇所を『荘子』から原典のままに引いて、「嗚呼 仲尼《ちゅうじ》、孟軻《もうか》の徒、以て気死せしむべく、道学先生をして顔色なからしむべし。何等鋭利なる筆鋒《ひっぽう》ぞや」と評している。そして、一切の宗教、哲学、道徳、法律、教育などを破壊したあと、「未来の真人」があらわれなければならないとする真岡の訳出するニーチェの一節を踏まえながら、「現代の小理想偽道徳に反抗し、人間の大理想を齎《もたら》すの人、今や一度出現せざるべからざる也」と結んでいる。

まさに谷崎は真岡の「青鬼堂に与ふる書」に学んで、荘子とニーチェの立場に拠りながら、旧来のしゃちこ張った小理想、偽道徳をふりかざす道学先生に対峙するのである。そして、孔子や孟子の儒教的お仕着せの既成道徳を説くだけの道学先生を超えて、いまや大理想をもった人物が出現しなければならないと主張する。

美的生活論との葛藤

谷崎の「文藝と道徳主義」は、真岡の「青鬼堂に与ふる書」の模倣の域をほとんど出ないといえる。十七歳で書いた論文であれば、それもいたしかたない。が、この「文藝と道徳主義」には樗牛の美的生活論への接近をうかがわせるものがあって、注目される。

のちにも触れるが、「恋愛及び色情」（一九三一年）において谷崎は、「西洋文学のわれ〳〵に及ぼした影響はいろ〳〵あるに違ひないが、その最も大きいもの、一つは、実に『恋愛の解放』、――もつと突つ込んで云へば『性慾の解放』――にあつたと思ふ」と語っている。文壇デビュー期の『刺青』（一九一〇年）、『麒麟《きりん》』（同）以降の谷崎の作品は、すべてが「性慾の解放」の文学だったといっていい。

中学時代の谷崎が樗牛の美的生活論をパーフェクトに理解したとはいえないとしても、その本能満足主義の説は相当深いところの意識にしっかり刻まれたのではないだろうか。文壇デビュー後の谷崎は、常に自己の文学が樗牛の美的生活論に結びつけられる可能性を意識していたと思われる。

そうであるがゆえに、自分の文学が樗牛の美的生活論にストレートに重ねられてしまうことを強く嫌ったのだろう。文壇での地歩を固めた谷崎にとって、自己の作品が軽佻《けいちょう》浮薄の才子としか思えない樗牛の影響のもとにあると認識されることほど屈辱的なことはなかった。谷崎のそうした意識が、本章の冒頭に指摘したような、樗牛に対する必要以上に過激で、攻撃的な批判となってあらわれたのではないだろうか。

なお「文藝と道徳主義」と真岡の「青鬼堂に与ふる書」に関して、もうひとつ指摘しておきたい。それは「青鬼堂に与ふる書」には記されていない、『列子』「天瑞篇《てんずい》」から老子の弟子である栄啓期《えいけいき》と林類《りんるい》とに関するエピソードが谷崎によって独自につけ加えられているということである。そして林類についてのエピソードは、そのままパラフレーズするかたちで谷崎の小説第二作目の『麒麟』に用いられる。

『麒麟』における林類

『麒麟』は少年時代に憧れた聖人の孔子を主人公としている。衛の国の霊公は、その妃《きさき》の南子《なんし》夫人の色香に溺れて政治をかえりみない。諸国を伝道していた孔子は霊公に仕えて、霊公を徳の道へと導く。霊公の心を孔子に奪われた南子夫人は、霊公の心を賭けて孔子と対決する。「吾未見好徳如好色者也」（吾れ未だ徳を好むこと色を好むが如くなる者を見ざるなり）との言葉を残して、孔子は衛の国を去る。

『麒麟』の冒頭近く、孔子が故郷の魯《ろ》の国から伝道の旅へ出ると、野のあぜ道に落ち穂を拾いながら、屈託のない声で歌っている百歳にもなろうという老人に出会う。老子の門弟の林類である。孔子の弟子の子貢《しこう》がその老人のもとへ行って話をすると、「わしの楽しみとするものは、世間の人が皆持つて居て、却《かえ》つて憂として居る。幼い時に行《おこない》を勤めず、長じて時を競はず、老いて妻子もなく、漸《ようや》く死期が近づいて居る。それだから此《こ》のやうに楽しんで居る」という。

林類はまた「死と生とは、一度往つて一度反《かえ》るのぢや。此処《ここ》で死ぬのは、彼処《かしこ》で生れるのぢや。わしは、生を求めて齷齪《あくせく》するのは惑《まどい》ぢやと云ふ事を知つて居る。今死ぬるも昔生れたのと変りはないと思うて居る」ともいう。その言葉を孔子に伝えると、孔子は「なか〳〵話せる老人であるが、然し其れはまだ道を得て、至り尽さぬ者と見える」と語ったという。

『麒麟』にはこのように林類のエピソードが描かれている。「文藝と道徳主義」では『列子』からこの林類のエピソードを引用し、「夫れ鷦鷯《しょうりょう》深林に巣《すく》ふも一枝に過ぎず、偃鼠《えんそ》河に飲むも満腹に過ぎず。紛々たる世事俗務を棄《す》て、物外に超然として立つを得ば其の快楽果して如何《いかん》ぞや」との所感を付している。

この「夫れ鷦鷯深林に巣ふも」云々は、『荘子』「逍遥遊篇」中の言葉である。「鷦鷯（ミソサザイ）」は深林に巣をかけるにしても一枝で十分だし、「偃鼠（モグラ）」が河の水を飲むといっても満腹すればそれ以上は飲めないという意である。この『荘子』中の言葉は、古代中国において理想的な帝王とされる堯《ぎょう》が許由《きょゆう》に天下を譲ろうとしたときに、許由が堯の申し出を断る言葉のなかにあるという。おのれの分を知って、名にとらわれない自由な生活を求めるということである。

『麒麟』のエピグラフ

『麒麟』には次のようなエピグラフ（巻頭句）が付されている。このエピグラフは生涯にわたる谷崎の現実世界への姿勢を示すマニフェストだったかのようである。

鳳兮。鳳兮。何徳之衰。
往者不可諫。来者猶可追。已而。已而。今之従政者殆而。

これは『論語』「微子《びし》第十八」に載せられた文章の一部分を切り取ったものである。金谷治《かなやおさむ》訳注の岩波文庫『論語』によって、その全文を書き下し文として示してみよう。〈　〉内は、谷崎によって省略された部分である。

〈楚《そ》の狂接輿《きょうせつよ》、歌いて孔子を過ぐ、曰《い》わく、〉鳳《ほう》よ鳳よ、何ぞ徳の衰えたる。往く者は諫《いさ》むべからず、来たる者は猶《なお》追うべし。已《や》みなん已みなん。今の政に従う者は殆《あや》うし。〈孔子下《お》りてこれと言わんと欲す。趨《はし》りてこれを辟《さ》く。これと言うことを得ず。〉

孔子が楚の国に行ったとき、狂人のふりをした接輿が孔子の側《そば》を、「鳳よ鳳よ、何ぞ徳の衰えたる。往く者は諫むべからず、来たる者は猶お追うべし。已みなん已みなん。今の政に従う者は殆うし」と歌って通り過ぎたという。

「鳳」は鳳凰のこと。治世にあらわれて乱世に隠れるという想像上の瑞鳥で、ここでは聖人の出現のときにあらわれるという、やはり想像上の動物である麒麟と同じく孔子をたとえている。

歌の意味は、「鳳よ、鳳よ、何と徳の衰えたことよ。過ぎたことは諫めてもむだだが、これからのことはまだ間に合う。やめなさい、やめなさい、いまの世に政治にかかわることは危ういことだ」といったものである。これをうけて孔子は車から降りて議論しようとしたが、接輿は走り去ってしまったという。

「吾未見好徳如好色者也」

『麒麟』のテーマが、一篇の末尾に記された「吾未見好徳如好色者也《われいまだとくをこのむこといろをこのむがごとくなるものをみざるなり》」の一文に凝集されていることは明らかである。これは『麒麟』の取材した主要な史料である『史記』「孔子世家《せいか》」にもそのまま記されているが、『論語』「子罕《しかん》第九」および「衛霊公第十五」にも見られる言葉である。

和辻哲郎は『孔子』（一九三八年）において「考えてみると、いわゆる格言なるものは、長期にわたって無数の人々によって同様なことがなされた結果できあがったものである」といっている。格言とかことわざとかは、今日風にいってみればビッグデータである。長い年月にわたる多くの人々の経験に照らして真実とみなされたものが、私たちにとっての生きるうえでの生活の知恵として伝えられてきたのである。

『論語』に記された多くの孔子の言葉は、今日においても格言のように、人生の知恵として受けとめられている。その『論語』に「吾未見好徳如好色者也」の言葉が二箇所に書きとめられていることは、二五〇〇年前の孔子が生きていた時代にも、この言葉はまわりのものにかなりのインパクトをもって受けとめられたことを示していよう。

谷崎も『麒麟』において「徳を好む」ことを「色を好む」ようにするものがない、つまり、色事を好むように徳を好むものはいないということを主張している。いわばこんにちにおいてもなおそうした事実が、疑い得ない真理として存在していることを示そうとしているのである。

また作家として出発するにあたって、衛の霊公を虜《とりこ》とする妖艶な南子夫人の色香から逃げだす孔子の姿を描くことで、幼少期からこだわりつづけてきた〈聖人願望〉からの脱却を確認している。林類や接輿といった老荘思想を体得した隠者を、孔子との対比で描くことによって、少年期の谷崎を強く呪縛しつづけた〈聖人願望〉を完全に相対化し得たといえる。

が、またそれは同時に、江戸期に朱子学として徳川の封建体制を支える理論的支柱となり、明治時代においては教育勅語などを通じて道徳的な規範の基盤とされてきたものへのアンチテーゼともなる。江戸期の封建制を打破して、明治維新によって近代国家としての政治体制の構築をめざしたが、その天皇制国家も「修身斉家治国平天下《せいかちこくへいてんか》」（自分の行いを修め、家庭を整え、国を治めて天下を平和に導く）という儒教的な忠君愛国の道徳に取り込まれてしまう。そして、為政者にとって国民を統治するのに都合のいい儒教の禁欲的な精神主義だけは堅持されつづけた。

「今之従政者殆而」

繰り返していえば、『麒麟』は衛の国の霊公が南子夫人の「色」を孔子の「徳」よりも優先するという物語である。これまで孔子の教えをこうした視点から正面切って批判的に描き出したような文学作品があったろうか。『麒麟』は儒教の聖典として受容されつづけてきた『論語』の解釈を反転させたばかりか、日本の近代化を支配した儒教的な精神主義の欺瞞性《ぎまんせい》をあぶり出したともいえる。

谷崎は人生の早い時期にユニークな〈聖人願望〉をいだき、幼少期から神童ぶりを示して、人々の魂を救うべく聖賢の道をめざした。が、思春期に達するとその達成の不可能性を身をもって知るようになる。それはまた谷崎が、近代の日本社会にはびこった悪《あ》しき精神主義の陥穽《かんせい》から逃れることも可能としたのだといえる。谷崎の文学が日本の近代文学史上において一種アモラルな色欲による特有の世界を描きながら、悠揚迫らざる特別な位置にあるのもこうしたこと無縁ではないのだろう。

谷崎が文壇へデビューし、『麒麟』を発表した一九一〇（明治四十三）年には、大逆事件があり、日韓併合が行われた。まさに日本の近代史におけるひとつの大きな分岐点をなす年であった。国内的には徹底した思想弾圧をもって対処し、国外的には侵略的帝国主義的な立場をあらわにして、第二次世界大戦による破局に至るまでの近代日本の基本的なスタンスを明確にしたのである。

谷崎と同年生まれの石川啄木《たくぼく》は、生前には発表することはできなかったが、「時代閉塞の現状」（一九一〇年）を執筆し、驚くほど鋭利に、その時代の状況を的確に分析した。が、谷崎はそうした啄木のように時代と斬り結ぶことを、「今之従政者殆而」（今の政に従う者は殆うし）との接輿の忠告を、そのままうけ入れたかのようにして避けた。谷崎の政治的な関与を避ける姿勢は、その後も生涯を通じて一貫したものとなる。

もちろん谷崎文学の形成は、少年期の〈聖人願望〉が老荘思想によって相対化されたことや、樗牛の美的生活論とそれに触発されたニーチェの影響などだけでなされたわけではない。そこにはもろもろの要素がかかわっている。そのなかでも比較的に大きかったものに、第一高等学校へ入学しての杉田直樹との出会いがあった。

杉田直樹との出会い

谷崎と杉田は一九〇五年九月に一高へ入学した同窓で、谷崎は第一部法科（英法）、杉田は第三部医科だった。二年生の中頃に文藝部委員の選出があり、ふたりは五名の委員のうちに選ばれ、「校友会雑誌」の編集発行に携わることになり、親しく付き合うようになった。

杉田は東大の医学部を卒業後、ドイツに留学し、帰国後は名古屋大学医学部の精神科の教授となった。谷崎との付き合いは、杉田が亡くなる一九四九年までつづき、『細雪』では神経衰弱に罹《かか》った悦子を治療する「杉浦博士」として登場している。

精神病学を専攻した杉田から谷崎は、クラフト・エビング、オットー・ヴァイニンガー、ロンブローゾなどの著書を教えられることになる。その後、谷崎の文学のもっとも重要な部分を形成することになる、いわば谷崎文学にとっての核ともなるべき部分を構成する要素である。

杉田は、後年、『近代文化と性生活』（一九三一年）をはじめ多数の著書を刊行している。医科の学生ながら文藝委員に選ばれているところから、若い頃から相当に筆達者だったということが分かる。谷崎が文壇へデビューすることになる第二次「新思潮」にも参加し、第二号には「生理学上より見たるオツトウ、ワイニンゲル」という文章を寄せている。谷崎が『刺青』を発表する一ヶ月前のことである。

オットー・ヴァイニンガーは一八八〇年にウィーンに生まれ、ウィーン大学卒業の翌年、『性と性格』（一九〇三年）という大部な著書を刊行し、その三ヶ月後にベートーベンが亡くなった部屋を借りて、二十三歳という若さでピストル自殺をとげた人物である。この風変わりな同時代人を、杉田は精神科医らしい冷静な筆致ながら、多分にユーモアをまじえ、同情をもって紹介している。

谷崎は『捨てられる迄』（一九一四年）でヴァイニンガーに言及している。片山正雄（孤村《こそん》）が祖述した『男女と天才』（一九〇六年）を読んだようであるが、おそらく文壇デビュー以前に杉田からよほど詳細にその内容を聞いていたのだろう。完全な男性とか、完全な女性とかはあり得ないという、性の分化に関するヴァイニンガーの所説に、谷崎も大きく動かされたようである。ヴァイニンガーの谷崎文学に及ぼした影響については、また後ほど検証する。

クラフト・エビングからの影響

出発期の谷崎にヴァイニンガー以上に大きなインパクトを与えたのは、何といってもクラフト・エビングだった。谷崎が正面切ってマゾヒズムを取りあげた『饒太郎《じょうたろう》』（一九一四年）に、大学一年の折にクラフト・エビングの著書を読んだときの主人公の「驚愕と喜悦と昂奮《こうふん》」とが語られている。

彼は自分と同じ人間の手になる書籍と云ふ物から、これ程恐ろしい、これ程力強いショックを受けたのは実にその時が始めてあつた。彼はペエヂを繰りながら読んで行くうちに激しい見慄《みぶる》ひが体中に瀰漫《びまん》するのを禁じ得なかつた。何と云ふ物凄《ものすご》い、無気味な事であらう！　さうして又、何と云ふなつかしい事であらう！　此の書籍の教へる所に依れば、彼が今迄胸底深く隠しに隠して居た秘密な快楽を彼と同様に感じつゝある者が、世界の到る所に何千人何万人も居るのである！　それ等《ら》の人々のコンフエッシヨンや、四方の国々の prostitute の報告を読めば、彼等がどのくらゐ細かい点まで全然饒太郎と同じやうな聯想《れんそう》に耽《ふけ》り、同じやうな矛盾に悩まされて居るかと云ふ事は、怪しくもまざまざと曝露されて居る。若しも此の世の中に自分と同一の容貌を持ち、同一の声音を持ち、同一の服装をした人間がたとへ一人でも現はれたならば、誰しも吃驚《きつきよう》して、恐らくは竦然《しようぜん》として卒倒しないものはないであらう。饒太郎の驚愕と恐怖とはまさに其《そ》れに近いものであつた。彼は其の書の到る処に自分の影を見、呻《うめ》きを聞いた。

あくまでもこれは創作中の人物の告白である。が、ほぼ作者の谷崎自身の体験とみなしても差し支えないだろう。谷崎が東京帝大の文学部へ入学したのは一九〇八年九月であるが、これからそう遠くない日に、クラフト・エビングの *Psychopathia Sexualis*（『性的精神病質』）の英訳を手にしたものと思われる。一九一三年に大日本文明協会から黒沢良臣《よしたみ》訳によって、『変態性慾心理』というタイトルで日本語訳も刊行されているが、この日本語訳は事例など省略されている箇所も少なくない。

このクラフト・エビングの著書は一八八六年に初版が刊行されたが、幾度も版が重ねられ、その度ごとに内容が増補されて膨らんでいった。著者が最後に手を入れて没後に刊行されたのは十二版であるが、斎藤光「クラフト＝エビングの『性的精神病質』とその内容の移入初期史」（一九九六年）によれば、フェティシズムについては第四版から、サディズム、マゾヒズムに関しては第六版から記述が開始されている。

国立国会図書館にはドイツ語版の第七版、第十版、第十二版に基づいた英訳が所蔵されているが、内容は同一ではなく、それぞれに異なっている。谷崎は上野の図書館か東大の図書館かで読んだと思われるが、それはどの版だったのだろうか。詳しいことはよく分からないが、このクラフト・エビングの著書の特徴は、何といっても各病症の事例が実に豊富に紹介されていることである。

マゾヒストの自覚

今日、日常会話のなかにもSだとかMだとかと用いられるが、サディズム、マゾヒズムという言葉が最初に用いられたのは、クラフト・エビングのこの著書である。マゾヒズムとは、異性から身体的・精神的に虐待や苦痛を与えられることによって快楽を感ずる性的倒錯のことをいうが、愛する女性から虐げられることに歓《よろこ》びを見出す人物を好んで書いたオーストリアの作家ザッヘル＝マゾッホ（一八三六～一八九五年）にちなんで名づけられた。同様にサディズムは、フランスの作家マルキ・ド・サド（一七四〇～一八一四年）の名にちなんでいる。

谷崎自身、おそらく『饒太郎』の主人公がいっていると同じような「驚愕と喜悦と昂奮」をもって、この本に接したことだろう。文壇へのデビュー直前の大学二年のときに大貫晶川に宛てた書簡では、偕楽園――竹馬の友で、谷崎が何かと世話になった笹沼源之助の実家、日本で最初の中華料理店――の女中に新しい恋をしたことを知らせている。

僕はまだ其の人にうち明けない。うちあけたら其の人は僕を愛してくれるかどうか、今の処全くわからない。たとへ愛してくれずとも僕の妻にさへなつてくれゝばよい。僕は其の人のまごゝろを必ずしも要求しない。僕は其の人に欺かれてもよい、弄ばれてもよい、殺されてもよい。唯何等かの関係で密接して居たい。其の人の夫となれずば、甘んじて其の人の狗《いぬ》、其の人の馬、其の人の豚とならう。

（一九一〇年五月十八日付、大貫雪之助宛書簡）

クラフト・エビングの著書に触れていなかったとしたならば、おそらくこうした記述はなされなかったろう。谷崎はこの時期に杉田直樹を介してクラフト・エビングの*Psychopathia Sexualis*に出会うことで、自己のうちの奥深いところにマゾヒスト的な気質があることに気づかされた。そして、それを自分の文学の核心的なテーマとすることに思い至ったものと思われる。

第三章　〈永久機関〉の発明

――『刺青』の基底にあるもの

ひとつの出会い

ひとつの出会いが人生を決定づけてしまうことがある。谷崎にとっては、前章で確認したクラフト・エビングの『性的精神病質』との出会いがそうであった。また実質的な谷崎文学の出発点となる『刺青』においては、「駕籠《かご》の簾《すだれ》のかげからこぼれた「真つ白な女の素足」との出会いが、主人公の刺青師《ほりものし》清吉の人生を決定づけてしまう。

『刺青』は一九一〇年十一月に第二次「新思潮」第三号に発表された。谷崎は「新思潮」創刊号に一幕物の戯曲『誕生』、第二号に同じく一幕物の戯曲『象』を発表し、小説としてはこの『刺青』が最初のものである。

刺青師の清吉には「年来の宿願」があった。それは「光輝ある美女の肌を得て、それへ己れの魂を刺り込む事」だった。「駕籠の簾のかげから」こぼれた「真つ白な」足をもつ女性こそは、清吉が「永年たづねあぐんだ、女の中の女」だった。

やがてその足をもつ娘が、馴染《なじ》みの藝者の使いで清吉の寓居《ぐうきょ》を訪ねてくる。清吉は自己の魂をうち込んで、その娘の背一面に巨大な女郎蜘蛛《じょろうぐも》の刺青をほどこす。清吉の命をもらって「ほんたうの美しい女」になった娘は、「今迄のやうな臆病な心」を捨て、清吉を真っ先に自分の「肥料《こやし》」とする。

女の「剣《つるぎ》のやうな瞳」は輝き、その耳には「凱歌《がいか》の声」が響く。「帰る前にもう一遍、その刺青を見せてくれ」という清吉の願いをうけ、女は黙って肌を脱ぐ。折から刺青の面《おもて》に朝日がさして、「女の背《せなか》は燦爛《さんらん》とした」と結ばれる。

谷崎が『あめりか物語』(一九〇八年)に出会って「自分の藝術上の血族の一人」(『青春物語』)と感じたという永井荷風は、恋人と互いの名を刺青に彫りあった。が、谷崎は生涯にわたって刺青をほどこそうとしたこともなければ、刺青そのものへ特別に関心をいだいていたようにも思われない。それが世に問う小説の第一作が、なぜ刺青師の話だったのだろうか。この作品はどのようにして発想されたのだろうか。

始発期の谷崎文学には、『誕生』『象』『信西《しんぜい》』という一幕物の戯曲と、『刺青』『麒麟』『少年』『幇間《ほうかん》』『飈風《ひょうふう》』『秘密』とつづく短篇小説とのあいだに一線を引くことができる。一九一一年一月に発表された『信西』は、『刺青』『麒麟』のあとの発表だが、友人の大貫晶川宛の書簡によって、その執筆は『刺青』に先立つものと判断できる。

出発期の戯曲群と短編小説群との両者を分かつものは何か。それはクラフト・エビングの著書を読んで、その影響をうける以前のものか、それ以降に書かれたものかという相違である。『刺青』以降の短篇は、クラフト・エビングの著書に出会って、自己のうちに潜在する性的嗜《し》好《こう》についての自覚的な認識をもたなかったとしたならば、なかなか書けるものではなかったろう。

谷崎の作家としての最初の意欲は明らかに戯曲にあった。それも時代精神を表象するような歴史上の特色的な出来事を舞台にのせる史劇への関心が強かったようである。史劇をとおして、いつの時代にも変わらない、人の世のありさまを象徴的に描き出す劇的空間の創出ということに多大な興味をもっていたようである。

それがクラフト・エビングの著書と出会って、天地が動顛《どうてん》するほどの「驚愕と喜悦と昂奮」とを味わう。谷崎はまた同じ頃に永井荷風の『あめりか物語』にも出会っている。『あめりか物語』は、クラフト・エビングによってもたらされた激しい動揺に、どのようにしたら文学的な表現を与えることができるかということを示唆した。

『あめりか物語』には、荷風が滞在したアメリカを舞台として書かれた短編小説が集められている。たとえば、『酔美人』と題された作品は、アラビアあたりの官能的な混血の女を相手に、「一体男性の身体《からだ》は女性からして、何《ど》れだけの愉快を感得する事が出来るものか」という研究のために、自己の身を犠牲にしたフランス人の男の話である。

また『長髪』には、浮気性の、艶めいたブロンドの西洋女性と日本人の金持ちの留学生とが描かれる。留学生のその長い髪は、その女が癇癪《かんしやく》を起こしたとき、それを「引捲《ひきむし》らせ」、「狂乱の女に一種痛刻な快味」を与えるためのものという。『あめりか物語』にはこうした男女の官能的で、刺戟的な物語が、活気にあふれてはいるけれど、どこか退廃的なアメリカの都市を舞台に描かれている。

クラフト・エビングの著書には実に多くの性的倒錯の事例の報告が記されており、なかにはちょっとした短篇小説のようなものもある。この荷風の登場人物なども、その事例に取りあげられたとしてもいっこう不思議はないように思われる。

ここにクラフト・エビングの *Psychopathia Sexualis* の英訳から、ごくシンプルで短い、典型的なマゾヒズムの事例を、拙訳によってひとつ紹介してみたい。

四十五歳の男で、ある娼婦《しょうふ》のもとに三ヶ月ごとに訪ねて行き、十フランを与えて次のようなことを願望する。女は男を裸にして、その手足を縛り、目隠しをし、窓のカーテンを閉める。それから男を長椅子のうえに坐《すわ》らせて、そのままひとりきりに放置する。三十分後に娼婦が戻り、それを解く。こうして男は金をはらい、十分に満足して帰って行く。そして約三ヶ月後に再び娼家に出かけるということを繰り返す。

取りたててどうということもない事例だろう。ただ、暗闇のなかに手足の自由を奪われたままに放置されているあいだ、この男の頭のなかにはどのような想像が渦巻き、どのような空想にふけっていたのかということが気にかかる。

クラフト・エビングは、この事例について「暗闇のなかで男は手足の自由を奪われて女の支配のもとに屈服した状態を、想像力の助けによって増幅している」といっている。マゾヒストのよろこびとは、まさにこの「想像力」にかかわるものなのだろう。

谷崎もマゾヒストを名乗る人物をはじめて登場させた『饒太郎』で、この事例に似かよった場面を描いている。饒太郎は「刑状持《きょうじょうも》ちの若い娘」お縫《ぬい》という絶好のパートナーを得て、彼女から手足を縛り上げられ、マゾヒストとしての愉悦を享受する。

「そんなら裸におなんなさいまし。」

娘は自分のする仕事が、不思議だとも奇怪だとも感じて居ないやうであつた。彼の女は平然として、大根のやうに太つて居る男の両腕を逆捻《さかね》ぢにすると、麻縄でぐるぐるとからげて了《しま》つた。やがて饒太郎の肥満した肉体は、毬《まり》の如くに床上へ俯向きに臥《ね》かされた。見る見るうちに其の両脚は背後へ高く折り曲げられて、腰のあたりで手頸《てくび》と一緒に縛り上げられた。彼は手も足もない人間のやうに、膨れた腹ばかりが残つて居た。

「此れがあなたに面白いのですか。」

かう云つて、浅ましい男の姿を見おろして居る娘の眼つきには、其の時始めて毒婦らしい、冷酷な邪悪な色が動いて居た。

お縫と出会う前の饒太郎は、「常に物足らない心持ち」がして、「少しも充実した生の愉快に衝《つ》きあたる事」がない。そのせめてもの心遣りに「妲妃《だつき》のお百」だの、「高橋お伝」だのの講談本を読んでみたり、「宮戸座や蓬萊座《ほうらいざ》や、六区の活動写真館などで演ずる俗悪な毒婦の芝居」をこっそり見にいったりする。

後年の『日本に於けるクリップン事件』（一九二七年）において、谷崎は「マゾヒストは女性に虐待されることを喜ぶけれども、その喜びは何処までも肉体的、官能的のものであつて、毫《ごう》末《まつ》も精神的の要素を含まない。（中略）心で軽蔑されると云つても、実のところはさう云ふ関係を仮りに拵《こしら》へ、恰もそれを事実である如く空想して喜ぶのであつて、云ひ換へれば一種の芝居、狂言に過ぎない」といっている。

マゾヒズムというのは、そういう関係を「仮りに拵へ」て、「空想して喜ぶ」のだという。それは一種の「芝居」や「狂言」に過ぎない。そうであるならば、クラフト・エビングによってマゾヒストの事例として報告された、暗闇のなかで手足の自由を奪われて放置された男の頭のなかに駆けめぐっていたものも、「想像力」によって増幅された一種の「芝居」だったといえよう。

谷崎は『続悪魔』（一九一三年）でも『饒太郎』の主人公と同じように、「妲妃のお百」や「高橋お伝」などの毒婦に言及している。『続悪魔』の主人公は、『佐竹騒動妲妃のお百』の講談本の表紙に、「妲妃のお百が髪を振り乱し、短刀を口に咬《くわ》へて、白い脛《すね》、紅い蹴出《けだ》しを露《あら》はに、舷《ふなばた》から海中へさんぶと飛び込まうとして居る石版画が刷つてあ」り、「今や将《まさ》に水面へ触れんとする女の足の裏の曲線、妖婦らしい眼の表情」に、たまらない興奮を覚える。

麻縄で縛り上げられた饒太郎の頭のなかで旋回していたのも、こうした毒婦たちの活躍する芝居の一場面だったのだろう。谷崎の場合、何も麻縄でその肉体を縛られないとしても、そうした毒婦たちが演ずるさまざまな芝居や狂言が、その頭のなかを駆けめぐっていたことは推測に難くない。観念のなかに演じられた芝居をそのまま原稿用紙へ写し取ることが、谷崎にとっての創作行為であった。

高橋お伝

最晩年の傑作『瘋癲老人日記』(一九六一〜一九六二年)には、「大学時代ノ予ノ同窓ニ山田濕ト云フ法学士ガアッタ。(中略)コノ男ノ父ハ古イ弁護士カ代言人デ、明治初年ニ高橋オ伝ノ弁護ヲ勤メタコトガアッタ。ソシテ伜ノ濕ニシバ〳〵オ伝ノ美シサニツイテ語ッタコトガアルサウダ。ナマメカシイト云ッタライ、ノカ、色ッポイト云ッタライ、ノカ、己ハ今マデニアンナ妖艶ナ女ヲ見タコトガナイ、妖婦ト云フノハ正《まさ》シクアンナ女ノコトヲ云フンダラウナ、アンナ女ニナラ殺サレタッテイイ、ト思ッタ」と、感に堪えたようにいっていたというエピソードが記されている。

一高時代の名簿を確認すると、たしかに第一部法科(英法)に山田濕の名前が記されている。津島寿一《じゅいち》『谷崎と私』によれば、この山田濕なる人物は『羹《あつもの》』(一九一二年)に登場する山口のモデルにもなった人物だという。このエピソードは谷崎が実際に一高時代に、その父が高橋お伝の弁護をしたという山田濹なる人物から聞いた話に基づいたものと考えていいだろう。

今日でも毒婦の代名詞となっている高橋お伝は、上野国《こうずけのくに》利根郡下牧《しもまき》村の生まれで、亭主の高橋波之助がハンセン病を患ったので、ヘボン式ローマ字で知られるヘボンの診察をうけるため、一八六九年に横浜に出てきたという。しかし、実際にヘボンの診察をうけたのかどうかは分からない。

お伝は奔放な性格で男関係が絶えなかったというが、横浜で波之助が死んだ後には、私娼のようなこともし、男から男へ渡りあるいていたようだ。一八七六年に古着商の後藤吉蔵を惨殺して逮捕され、一八七九年、二十九歳で市ヶ谷監獄において斬罪に処せられている。

高橋お伝の遺骸は解剖されたが、その執刀者は小山内《おさない》健、立会人は小泉親正、江口襄《のぼる》、高田忠良の諸氏だった。小山内健は、第一次「新思潮」の創刊者で、谷崎たちのよった第二次「新思潮」の盟主だった小山内薫の父である。江口襄は、芥川龍之介、菊池寛などと親しく交流し、谷崎とも付き合いのあった江口換《きよし》の父である。

この解剖のときに高橋お伝の性器がくり抜かれ、異常性欲者の標本としてアルコール漬けにされて、東京帝大の医学部に保存されたという。谷崎は小山内薫や江口換から高橋お伝に関する情報を得ていたかもしれない。また杉田直樹をはじめ医学部の学生たちとも親しく交流していたので、このアルコール漬けの高橋お伝の性器を見ていた可能性も大きかったと思われる。

妲妃のお百

妲妃のお百は、江戸時代中頃の宝暦年間に起きた秋田藩の佐竹家における御家騒動にかかわった女性である。幕末から明治にかけて実録読み物や芝居などに取りあげられ、現実の出来事とは大きくかけはなれて、お百の毒婦ぶりが誇張されて語られるようになった。ことに講釈師の初代桃川如燕《じょえん》が大幅に虚構をまじえて語ったものが人気を博し、よく知られるようになった。

物語は非常に入り組んでいる。そのあらましをごくかいつまんでいえば、難波《なにわ》の廻船問屋桑名屋徳兵衛方の下女奉公をしていたお百は、徳兵衛の妾に収まる。が、やがて本妻を追い出して、贅沢《ぜいたく》三昧の生活をはじめ、桑名屋は破産し、徳兵衛とお百とは乞食《こじき》同然の姿で江戸へ出る。

旅の途中で知り合った小間物商の重兵衛の世話になり、お百は徳兵衛を捨てる。夫婦気取りの重兵衛とお百は、深川の藝者屋を買い取り、お百は小三という名で藝者に出る。お百の贔屓《ひいき》の客に秋田藩佐竹家の御留守居役中川忠太夫というものがおり、佐竹家の当主を隠居させて秋田二十四万石を乗っ取ろうとしている。

お百は忠太夫と腹を合わせ、いわゆる佐竹騒動に絡むことになる。その間に佐竹家の金蔵破りをして、佐渡に流刑になり島抜けをする話、その後に新潟の豪農をゆすったり強盗を働いたり、海賊となって大勢の手下の子分たちを使ったりする話などが挿入されている。

妲妃とは、古代中国の殷《いん》の紂王《ちゅうおう》の妃で、その悪逆非道、淫逸放縦な所行によって殷の国を滅ぼすに至った、いわゆる傾国の美女である。お百が美しい容色をもちながら、淫楽にふけって、暴虐をなしたところからこの異名がつけられたわけだが、如燕の講談はこんな風に語りはじめている。

エー毒婦お百の伝、後に此の者を妲妃のお百と云ふ、ドウ云ふ訳で妲妃のお百と云ふかと申しまするに、出生《うまれ》が大坂で、江戸で悪事を働らき、婦人《おんな》で佐渡の国へ流罪《ながさ》れ、佐渡を脱出《ぬけい》で、佐竹の愛妾百合《あいしょうゆり》と云ふ名前になりまして、遂に佐竹に於て御処刑《おしおき》に相成りました、彼《か》の天竺《てんじく》にて華陽《かよう》夫人と云ひ、唐土《もろこし》にて妲妃と云ひ、日本にては玉藻前《たまものまえ》と名前が三度変はりましたほどの悪狐《あくこ》に等しき婦人《おんな》だと云ふので、妲妃のお百の名がございます、（『妲妃のお百』）

妲妃のお百の物語は、その根底において天竺（インド）、唐土（中国）、日本にわたる三国伝来の「悪狐」――九尾の狐の伝説に通じている。九尾の狐は、文字どおり九本の尾をもつ狐であるが、古来、中国において妲妃は狐変の妖婦とみなされ、その正体は九尾の狐だと考えられてきた。

それは人間のものとも思われない容色の美しさと、人間わざとも思えない悪虐無道なふるまいに由来した虚譚妄説だったろう。

狐変妖婦の物語

狐変妖婦の妲妃の物語は、かなり早い時期から日本へも伝えられていた。謡曲『殺生石』では玉藻前伝説と結びつけられ、江戸期には作者、成立年代とも不明ながら写本で広く読まれた『三国悪狐伝』という読み物もつくられた。

さらにこの『三国悪狐伝』を種本として、一八〇三年に高井蘭山が読本『絵本三国妖婦伝』を江戸で刊行し、一八〇五年には岡田玉山が読本『画本玉藻譚』を大阪で刊行した。これによって三国伝来の狐変妖婦の物語が一大ブームとなり、草双紙《くさぞうし》や芝居にも翻案されて庶民の人気を博した。その人気は明治になっても衰えていなかった。

谷崎がこの狐変の妖婦の物語に大きな感化をこうむったことは、『麒麟』において南子夫人を形容するのに「夫人の額《ひたい》は妲妃に似て居る。夫人の目は褒姒《ほうじ》に似て居る」とあるところからうかがわれる。褒姒は周の幽王の妃で、妲妃と同様に九尾の狐の化身とされた傾国の美女である。『白狐の湯』（一九二三年）といった作品もあるように、谷崎は終生好んで狐が美しい女に化けて男を惑わす物語を描きつづけた。

『刺青』においても清吉が娘に見せる画幅のひとつが「古の暴君紂王の寵妃」だったことは、

この作品もまた九尾の狐の影響圏に書かれたことを示している。

それは古の暴君紂王の寵妃、末喜《ばつき》を描いた絵であつた。瑠璃珊瑚《るりさんご》を鏤《ちりば》めた金冠の重さに得堪へぬなよやかな体を、ぐつたり勾欄に靠《もた》れて、羅綾《らりよう》の裳裾《もすそ》を階《きざはし》の中段にひるがえし、右手に大杯を傾けながら、今しも庭前に刑せられんとする犠牲《いけにえ》の男を眺めて居る妃の風情と云ひ、鉄の鎖で四肢を銅柱へ縛《ゆ》ひつけられ、最後の運命を待ち構へつゝ、妃の前に頭をうなだれ、眼を閉ぢた男の顔色と云ひ、物凄い迄に巧に描かれて居た。

ここで谷崎は殷の紂王の妃の妲妃と、夏の桀《けつ》王の妃である末喜とを取り違えている。両者とも国を滅亡させた傾国の美女として知られるが、どうして谷崎はこんな単純なミスをおかしたのだろうか。安倍晴明の出生由来を語った『簠簋抄《ほきしょう》』には、妲妃も褒姒も末喜もともに狐変の妖婦とされているので、それで取り違えたのであろうか。

それはともかく、この画幅の構図が『絵本三国妖婦伝』の挿絵から大きな影響をうけていることは、かつて拙著『谷崎潤一郎　狐とマゾヒズム』で指摘しておいた。が、九尾の狐はこの絵柄にかかわるばかりか、妲妃のお百が深川で藝者をしていたというエピソードを介し、『刺青』の女性像の形象化にまで力をふるったようだ。

辰巳藝者

清吉が一目見て魅了された足をもつ女は、「馴染の辰巳の藝妓《はおり》」の妹分として近々お座敷へでるはずの娘で、その藝妓からの使いとして清吉の寓居を訪れる。「辰巳の藝妓」というのは、江戸城から巽《たつみ》（南東）の方角にある深川の遊里の藝者のことをいい、深川の藝妓はお座敷に羽織を着て出たところから「はおり」とも呼ばれていた。

辰巳藝者は気っぷのよさと、男勝りの気性の強さによって知られていた。藝妓の使いの娘は羽織の裏地へ絵模様を画いてもらうよう清吉に頼みにきたのだが、普段ひと目につかない羽織の裏地へ肉筆の絵を画くような贅沢は、まさに江戸の「いき」そのものだった。

また辰巳藝者は、真冬でも足袋をはかずに素足でとおしたという。これも辰巳藝者の意気地を示したものだが、『刺青』が「駕籠の簾のかげから」こぼれた「真つ白な女の素足」から書きはじめられた機縁でもある。谷崎が、生涯にわたって女性の美しい足にこだわりつづけたフット・フェティシストだったことはよく知られている。

『瘋癲老人日記』では、自分の愛する息子の嫁の足型を拓本にとって、それを仏足石に模して墓石に彫り、そのもとに永遠の眠りにつこうとする老人の夢想を描いている。クラフト・エビングの著書によってもマゾヒズムとフット・フェティシズムとが結びつく事例は多いという。

こうしてみるとフット・フェティシズムの傾向をもつマゾヒストにとって、「いき」に生きる辰巳藝者の世界が、どれほど魔力をもった蠱惑《こわく》的な存在だったかは容易に理解することができよう。谷崎が最初の小説に辰巳藝者を取りあげて描いたのも、もっともなことであった。

花井お梅

一八七八年の『鳥追《とりおい》阿《お》松《まつ》海上《かいじょう》新《しん》話《わ》』を皮切りに『夜嵐《よあらし》於衣《おきぬ》花廼《はなの》仇夢《あだゆめ》』（同）、『高橋阿《お》伝《でん》夜《や》刃《しゃ》譚《ものがたり》』（一八七九年）、『茨木《いばらき》阿《お》瀧《たき》　紛《みだれの》白糸《しらいと》』（一八八三年）など、近代文学が本格的な出発をとげる以前の明治十年代には、多くの毒婦物が創作され出版された。一種のブームといってもよかった。

旧秩序が崩壊して新しい制度がいまだ十全に確立していない混乱の時代に、作品の出来映えはともかく、毒婦物にはみずからの性的魅力だけを武器にその困難な状況を生き抜く女性のバイタリティが噴出している。当時の民衆の意識下に渦巻く欲望にひとつのかたちを与えたものだったといえる。

谷崎はこうした毒婦物にも通じる『お艶殺し』（一九一五年）や『お才と巳之介』（同）といった草双紙風な作品も残している。谷崎にこれら作品のインスピレーションを与えたのは、浜町河岸の箱屋峰吉殺しによってその名を知られる花井お梅だった。のちに川口松太郎の『明治一代女』（一九三五年）のモデルになった女性である。

お梅は一八八七年の初夏、雨のそぼ降る夜に、『お艶殺し』で新助が三太を殺す場面に使われたと同じ細川邸の長い土塀がつづく河岸通りで、箱屋の峰吉を出刃包丁で突き刺して殺害した。一九〇三年に出獄し、浅草で汁粉屋を出したり、牛込で小間物屋を開業したり、自分のおかした事件を芝居に仕組んで興行したりして、何かと話題となって世間を騒がせた。

谷崎は『幼少時代』において花井お梅に言及している。谷崎の母が花井お梅を何かの折に見かけて顔を見知っており、事件後に世間の評判になってから、「あれはほんたうに凄みのある、色の浅黒い鯔背《いなせ》な藝者だつた。いゝ女とはあんなのを云ふのだらうね」といったと記している。

谷崎は母から「これがお梅だよ」といって写真をもらったという。「大正十二年の大震災で焼いてしまふまで大切に保存してゐた」が、写真で見ても母のいうことがよく分かったという。

「或る時私は彼女が活動写真の俳優になつて出たのを聞いて、たしかオペラ座あたりであつたか、わざ〳〵見に行つたことがあつた。が、明治末期頃の活動写真は頗《すこぶ》る鮮明を欠いてゐたせゐもあらうが、当時の彼女は到底私が家蔵してゐる写真の面影には似るべくもなかつた」という。

この花井お梅の出演した映画というのは、一九一一年二月二十三日の「朝日新聞」の「演藝風聞ろく」欄にお梅が活動写真に出演したことに言及があるので、その折のものだったと思われる。一九一六年にお梅が没してからも、お梅の芝居は多くの俳優によって演ぜられたが、谷崎は「いかなる名優の名演技にもまさつて、あの一枚の写真の方を貴しと思ふ」といっている。

雷お新

若き日の花井お梅の写真からイメージを借りたと思われる『お艶殺し』のお艶や『お才と巳之介』のお才など、谷崎が生みだした毒婦は、いってみれば『刺青』において清吉によって「ほんたうの美しい女」にされた娘の後身だったということができる。では、そうした「ほんたうの美しい女」にするための刺青というモチーフはどこからきたのだろうか。

明治時代の初期の並みいる毒婦のなかでもその見事な刺青によって名を知られたのは、『鳴《なり》渡《わたる》雷神《かみなり》於新《おしん》全伝』（一八八三年）に描かれた雷お新である。お新は全身に刺青をほどこし、亡くなってから遺言により全身の皮膚を剝いでなめし革として、その刺青が保存された。今日ではネットで検索すれば、簡単にその刺青を見ることもできるが、『刺青』の発想もこの雷お新に触発されたものだったのかもしれない。

綿谷雪《わたたにきよし》『近世悪女奇聞』（一九七九年）によれば、お新は美貌を餌にして金持ちの鼻《び》下長連《かちようれん》をたらしこんで、ありったけの金をしぼりあげ、相手が素直にいうことを聞かなければ、くるりっと裸になり、彫りものを見せておどし文句を並べるという凄腕だったという。その刺青は

「せなかには弁財天と北条時政、おしりには雲をよぶ六角の蛟竜《こうりゅう》、左右の股には岩見重太郎の大蛇《おろち》退治、腹部は筋彫《すじぼ》りにほんのりとぼかしを入れた九紋竜史進《くもんりゅうししん》、花和尚魯智深《かおしょうろちしん》の深彫《ふかぼ》り、右うでには金太郎、左腕には人物四人と緋桜《ひざくら》の大彫りもの」というものである。

　これに比べれば清吉が娘に彫り込んだ女郎蜘蛛などは、おとなしいものである。刺青の図柄として必ずしも女郎蜘蛛はふさわしいものではなかったかもしれない。だが、巣を張って獲物をとらえ、交尾を終えるとメスはオスを食べてしまうともいわれるところから、この「不思議な魔性の動物」の絵柄が選ばれたのであったろうか。

谷崎文学の「永久機関」

三島由紀夫は「谷崎潤一郎論」（一九六二年）に、「谷崎氏にとって、究理的な人々にとってはあれほど困難な美は、いとも容易な問題だった。美を実現するには、現実を変容させればそれでいいのだ。そしていったん美が実現されたら、その前に拝跪《はいき》して、その足を押しいただけばよいのだ」と指摘している。そして、『刺青』について次のように評している。

　現実の女の背中に刺青を施して、その変容によって美と力を女に賦与するあの「刺青」を、文学的出発とした谷崎氏は、あたかも、エウリピデスの「ヒッポリュトス」劇における、アフロディテの運命の序言のようなものを、最初に書いてしまったわけだ。

美がこのように容易な問題であれば、その問題性は終ったのだ。終ったというより、氏は一等最初に文学上の永久機関（パーペテュアル・モビール）を発明してしまったのだ。あとに残る困難は、言葉と文体と、芸術家のメティエ（技巧）の困難に他ならない。

まさに至言だろう。「永久機関」とは、外部からのエネルギーを注入されることもなく、動きつづけ、永遠に止まることのない装置のことである。この現実世界においては物理学上の法則に反するので、決して存在しえないものだが、マゾヒズム、フット・フェティシズム、女性美への拝跪、官能への絶対的な服従など、谷崎は生涯の変わらざる文学的テーマをこの最初の小説において獲得してしまったのである。

「女は黙つて頷《うなず》いて肌を脱いた。折から朝日が刺青の面にさして、女の背は燦爛とした」という末尾の一文は、さながら映画におけるストップ・モーションを見るかのようだ。玉藻前が暗闇のなかでその身から発する光によって輝いたように、女の背は折からの朝日をうけて燦爛とする。その一瞬の光景は読者の脳裏に鮮明に焼き付けられ、あたかも永遠の輝きを発するかのような印象を読むものに与える。

しかし、この現実世界においては時間の経過とともに、その輝きは次第に色褪《いろあ》せずにはおれない。以後の谷崎文学の課題は、この一瞬の輝きをいかに現実世界を舞台とした作品においても輝かすことができるかという模索にあった。

それにしても今日の法律からすれば、清吉の行為は傷害罪、監禁罪、麻酔剤の取り扱いにおいて薬機法違反、ストーカー規制法違反、東京都の淫行条例違反と、いくつもの罪に問われることになる。物語空間では可能である本能の解放も、この現実世界にあっては社会的な制度と激しく衝突することになる。社会的に多くの罪状をおかす作品が、どうして藝術の世界においては許されることになるのだろうか。

しかも、『刺青』の主人公「清吉」の名は、谷崎の小学校時代の恩人である稲葉清吉先生と同じである。『刺青』には、もと「浮世絵師の渡世」をしていたが、「刺青師に堕落してからの清吉にもさすが画工《えかき》らしい良心と、鋭感とが残つて居た」（傍点引用者）と語られる。聖賢の道を志し、谷崎をもその方向へ導こうとした稲葉先生だったが、『刺青』に描かれたのはそうした道から外れて、「堕落」した清吉だった。

『刺青』によって世に出ることになった谷崎は、ある意味においては稲葉先生の期待をも裏切ることになった。以後の谷崎には、その「堕落」と、社会的に「悪」と認定される行為とを、藝術的にどのように救済するかということが大きな問題となる。

第四章　痴愚礼讃の系譜

――『痴人の愛』の方へ

上田敏からの一言

私たちは見えるものを見たいようにしか見ていないのかもしれない。が、そこから一歩退いて、これまでとは違った角度から見てみると、いままで気づかされなかったさまざまなつながりや関連性が見えてくる。どのように小さな事象でも、その裏側では私たちに把握しきれない広大なネットワークへとつながっている。

『刺青』を発表してちょうど一年後の一九一一年十一月、永井荷風は「三田文学」誌上に「谷崎潤一郎氏の作品」を執筆し、谷崎の初期作品を激賞した。同月に谷崎は、当時、文壇への登竜門とみなされていた「中央公論」に『秘密』を発表、翌十二月に第一創作集『刺青』を籾山《もみやま》書店から刊行した。今日までも文学史に語りぐさとして伝えられるほどの華々しいデビューぶりだった。

　谷崎は一九一二年の春から夏にかけて、のちに『祇園《ぎおん》夜話』などの大衆もので人気を博した長田幹彦《ながたみきひこ》とともに、はじめて京阪地方へ遊び、紀行文「朱雀《すざく》日記」（一九一二年）を執筆している。また、京都大学で教鞭《きょうべん》をとっていた上田敏を長田幹彦と一緒に訪ねた。

　上田敏は訳詩集『海潮音』（一九〇五年）によって、ヨーロッパの象徴派の詩を我が国に紹介して、北原白秋や木下杢太郎《もくたろう》らの青年詩人に大きな影響を与えた文学者である。パリでは永井荷風とも会っており、森鷗外とともに荷風を慶應義塾大学の教授に推薦して、「三田文学」の顧問ともなっていた。荷風の「谷崎潤一郎氏の作品」には、「上田先生は琢磨《たくま》された氏の藝術に接して覚えず感泣せんと欲した」とまで谷崎作品を激賞したことを伝えている。

　その後、上田敏はふたりを南禅寺《なんぜんじ》の瓢亭《ひょうてい》にも招いてくれた。激励するつもりだったのだろうが、上田敏から買い被《かぶ》られ過ぎていると意識したふたりは、なかなか胸襟を開いて打ち解けることができず、ぎこちない会合になってしまったという。

　その会合も終わる頃に、上田敏は、突如として谷崎に「さういつも〳〵クラフトエビングのやうなものばかり書いてゐないでね」と洩《も》らしたという。『青春物語』にはその折の一言が「未だに耳朶《じだ》に残つてゐる」といい、「私に対する激励と好意とを此の僅かな一句のうちに籠められたのであつたらう」と回想している。

一九一六年に上田敏は四十一歳の若さで亡くなっている。谷崎が上田敏に会ったのは、京都でのこの二回の会合だけだった。その別れ際に発せられた上田敏からの忠告が、ほぼ四半世紀後の谷崎に生々しく記憶されているということは、この一言がその後の谷崎に意外と大きな影を落としていたことをうかがわせる。

「甘美にして芳烈なる藝術」

文壇へ出る直前の自己の姿をありのままに描いたという自伝的な作品『異端者の悲しみ』(一九一七年、執筆は一九一六年)は、次のような一節で結ばれる。

それから二た月程過ぎて、章三郎は或る短篇の創作を文壇に発表した。彼の書く物は、当時世間に流行して居る自然主義の小説とは、全く傾向を異にして居た。それは彼の頭に醱酵《はっこう》する怪しい悪夢を材料にした、甘美にして芳烈なる藝術であつた。

主人公の間室章三郎は、最後に自己の創作を世に問い、文壇にデビューすることになる。作者の身に還元していえば、その「彼の頭に醱酵する怪しい悪夢を材料にした、甘美にして芳烈なる藝術」こそは、『刺青』をはじめとする谷崎文学の初期作品群であった。『刺青』『麒麟』

以降、谷崎は『少年』『幇間』『飇風《ひょうふう》』『秘密』『悪魔』と矢継ぎ早に作品を発表していった。

『刺青』以後

『少年』は、長い塀をめぐらした屋敷の異空間に、少年少女たちが展開する変態的な数々の遊びを描いている。狐ごっこは妾の子の光子が美女に化けて、旅人の少年たちを誑《たぶら》かすというもので、果ては狐退治だといって、さんざんに光子をいたぶる。が、少年たちは次第に光子に支配されるようになり、光子はその王国の女王として絶対的な権力をもつようになる。

化かし化かされたり、だましだまされたりする少年少女たちの芝居的な空間では、「鼻汁で練り固めた豆炒《まめい》り」を喰わされたり、光子の「Urine」(尿)を飲まされたりもする。こうしたスカトロジーが描かれるばかりか、サド・マゾ的な官能世界に目覚める少年少女の姿をヴィヴィッドな感覚的表現によって描き出している。少年少女たちが自分たちの行為に無自覚であるがゆえに、いっそう鮮烈であると同時に戦慄的でもある。

惚《ほ》れた女に弄ばれ、女のいうままになることが嬉《うれ》しくてたまらない太鼓持ちの三平を描いた『幇間』。吉原の女に溺れて、激しい情欲に苦しめられ、性欲という飇風に翻弄されながら、最後には極度の興奮のあまり脳卒中で死んでしまう主人公を描いた『飇風』。

「秘密」のもつ不思議な魅力に憑《つ》かれ、夜な夜な女装して街に出かけて、以前に関係をもったことのあるT女との奇妙な「Love adventure」を体験する『秘密』。同居する肉感的な照子の肉体に悩まされ、いよいよ神経を荒廃させた主人公が、末尾で女が洟《はな》をかんだハンカチをぺろぺろ舐《な》める「秘密な楽園」にのめり込む姿を描いた『悪魔』。

これらの初期作品は、いずれもどこか変態性欲めいた異常の世界を描き出している。たしかにその性的倒錯の部分のみを取りだしたならば、クラフト・エビングの著書に病症事例として報告されたとしてもおかしくない。上田敏が「さういつも〳〵クラフトエビングのやうなものばかり書いてゐないでね」といったのも、精神病理学的症例と文学性とのあいだに存する微妙な境界を意識したもので、次第に倒錯的な傾向を強めてゆく谷崎文学の方向性を危惧したからだったろう。

谷崎は自己に特有な性癖をクラフト・エビングによって意識化し、それを藝術的に昇華させることによって日本の近代文学史上において特殊な地位を獲得することができた。その特色を放棄しては谷崎文学の存在理由がなくなってしまう。

しかし、同時にクラフト・エビングのようなものばかりを書いていては、文学者としての資質を自己限定してしまうことになる。その文学に広がりと大きさをもつことができなくなる。谷崎はいやがおうでも、上田敏の一言を嚙《か》みしめながら、以後の自己の文学の方向性を模索せざるを得なかった。

自然主義vs.反自然主義

谷崎は『青春物語』に「私は当時流行の自然主義文学に反感を持ち、それに叛旗《はんき》を翻さうと云ふ野心があつた」と語っている。文学史的にいえば、谷崎潤一郎は永井荷風とともに反自然主義作家の代表とされてきたが、永井荷風がエミール・ゾラやモーパッサンのフランス自然主義の影響下にあったように、谷崎の文学も自然主義の文学の存在を抜きには考えられない。

自然主義の文学は、十九世紀の自然科学上のさまざまな発見によって生みだされた文学的主潮である。ゾラはベルナールの『実験医学序説』(一八六五年)から方法的なヒントを得て、科学者がその研究対象を実験によって分析、観察し、その結果を正確、綿密に報告するのと同じように、みずからの小説を書き進めていった。

しかも、その小説の世界は遺伝と環境という十九世紀の自然科学の発展によって明らかにされた科学的な法則を重視したものである。ゾラによってルーゴン・マッカール叢書と題された壮大な作品群の世界に生きる人間は、いく代にもわたる家族の遺伝的な要素と、その家族の置かれる社会的環境によって大きく左右されることになる。

メンデルの遺伝の法則にしてもダーウィンの進化論にしても、地上に存在する生物一般について当てはまることで、人間もその自然界のなかに生きる一生物たることは疑えない事実である。私たちが自然界のあらゆる生物と同様、種の保存ということを第一義的な目的として生存しているかぎり、本能としての性欲をもち、その衝動に突き動かされることもまた自然なことである。

石川啄木は「時代閉塞の現状」において明治期の自己拡充の文学運動として、高山樗牛の本能満足主義と、自然主義の文学とをつなぐかたちで論じている。田山花袋《かたい》の『蒲団《ふとん》』（一九〇七年）は、自己の内なる自然としての本能＝性欲に突き動かされる人間の姿をありのままに描き出している。日本の自然主義文学は、これまで抑圧されてきた性的欲望を露骨に、一切の虚飾を取りはらってストレートに描き出すことで、その文学的な真実性を獲得しようと努めたのだといえる。

こうした自然主義は、自然主義の後につづくものに性的官能の描写への大きな可能性を拓《ひら》いたということができる。荷風にしろ谷崎にしろその作品に取りあげたのは、単なる性的な欲望の解放というよりは、自己の固有な、余人にはうかがい知ることのできない特殊な性癖である。その強烈な刺戟に満ちた作品群は、当時の文壇に『蒲団』にも劣らないほどの鮮烈な衝撃をもって受けとめられた。

現実世界をありのままに描くだけでは満足できない反自然主義の作家たちは、官能世界をも研ぎ澄まされた感覚をもって洗練されたものとして描き出した。それらを藝術的に昇華させていったが、当時にあってはなお公序良俗を乱すものとされた。荷風の『ふらんす物語』（一九〇九年）、『歓楽』（同）はたてつづけに発売禁止処分になり、谷崎も荷風が主宰する「三田文学」へ掲載した『飈風』が発売禁止となった。荷風と谷崎は、その後も官憲ににらまれて、多くの作品が発禁処分とされることになる。

谷崎の初期作品群は、観念的な文学空間に作者の抱懐する「怪しい悪夢」を「甘美にして芳烈なる藝術」として展開するとき、折からの朝日に燦爛と輝いた『刺青』の結末のように、藝術的な輝きを発した。が、『熱風に吹かれて』（一九一三年）、『捨てられる迄』（一九一四年）、『饒太郎』（同）などのリアリズム的手法によって書かれた中長篇小説は、その観念性があらわとなって、もはやそうした輝きも失われてしまった。

藝術と実生活

小説家として谷崎は、この時期に最初の壁に突きあたったといえる。『饒太郎』は、いわばマゾヒストによる生活の藝術化という谷崎固有のモチーフをとことん追求した作品だった。「彼の所謂《いわゆる》『美』と云ふものが全然実感的な、官能的な世界にのみ限られて居る為めに、小説の上で其の美を想像するよりも、生活に於いて其の美の実体を味ふ方が、彼に取つて余計有意味な仕事となつて居る」と、主人公のいだく藝術観について語られる。

この論理を追い進めるかぎり、小説世界そのものは実感的でないために小説と現実とのあいだにどうしても亀裂が生じることになる。藝術と実生活とのあいだに横たわる抜本的な矛盾を克服し、そのジレンマを解決しないことにはにっちもさっちもいかないことになる。

一九一五年五月、満二十八歳の谷崎は群馬県前橋出身の石川千代と結婚して、それまでの放浪生活に区切りをつけた。翌年三月には長女の鮎子《あゆこ》が生まれた。「中央公論」五月号には「初めて人の親となりて」という特集が組まれ、ちょうどこの時期に母となった平塚らいてうの「母となりて」とともに、谷崎の「父となりて」という一文が掲載された。谷崎はここで当時、自己の直面している問題に関して正面から向きあい、ストレートな告白をしている。

私に取つて、第一が藝術、第二が生活であつた。初めは出来るだけ生活を藝術と一致させ、若しくは藝術に隷属させようと努めて見た。私が「刺青」を書き、「捨てられるまで《ママ》」を書き、「饒太郎」を書いた時分には、其れが可能の事であるやうに思はれて居た。又或る程度まで、私は私の病的な官能生活を、極めて秘密に実行して居た。やがて私は、自分の生活と藝術との間に見逃し難いギヤツプがあると感じた時、せめては生活を藝術の為めに有益に費消しようと企てた。私の生活の大部分は私の藝術を完全にするための努力であつて欲しいと思つた。私の結婚も、究極する所私の藝術をよりよく、より深くする為めの手段と云ふ風に解釈したかつた。斯くの如くにして、未だに私は生活よりも藝術を先に立てゝ居る。（中略）私の心が藝術を想《おも》ふ時、私は悪魔の美に憧れる。私の眼が生活を振り向く時、私は人道の警鐘に脅かされる。臆病で横着な私は、動《やや》もすると此矛盾した二つの心の争闘を続けて行く事が出来ないで、今迄屢々側路《しばしばわきみち》へ外れた。

（『父となりて』）

結婚をして、子どもをもうけても自分の心境には一切変化がない。子どもをもったために自分のエゴイズムが滅びてしまうと、自分の藝術も滅びてしまうのではないかと恐れていたが、子どもはいっこう可愛《かわい》くない。

が、これまでの傾向をどこまでもおし進めていくほどの、「充分な勇気と熱情とがまだまだ湧いて来ない」ともいう。「有体に云へば、私は『悪』の力を肯定し讃美しようとしながらも、絶えず『良心』の威嚇を受けて居る。聖人の伝説を読んだり、崇高な人格に接したりすれば、何だかやつぱり自分の浅ましさを恥ぢずには居られない」と吐露している。

ここで谷崎がかつての幼少年期の〈聖人願望〉を思い起こしていることに注意したい。この時期の前後に谷崎は『神童』『鬼の面』（ともに一九一六年）、『異端者の悲しみ』といった自伝的作品を執筆し、自分の歩んだ軌跡を確認している。それと同時に「聖人の伝説を読んだり」して、「崇高な人格に接」することもしていた。

谷崎は「藝術」を想うとき、「悪魔の美」に憧れ、「生活」を振り向いたときに「人道の警鐘」に脅かされるというが、『二人の稚児』（一九一八年）には、この時期のそうした谷崎の分裂した内面をそのままに認めることができる。

『二人の稚児』

『二人の稚児』は、頑是ない時分から女人禁制《にょにんきんぜい》の比叡山《ひえいざん》に預けられた千手丸《せんじゅまる》と瑠璃光丸《るりこうまる》との物語である。ふたりはふたつ違いの十五と十三であるが、「総《す》べての禍《わざわい》の源《みなもと》とされてゐる女人と云ふ生物《いきもの》」を見たことがないので、さまざまな想像をめぐらす。

経文によれば、「女人最為悪難一《にょにんはもつともあくなんをなすこといちなり》。縛着牽人入罪門《ばくぢやくしてひとをひいてざいもんにいる》」（優塡王経《うてんおうきょう》）だの、「執剣《けんをとりて》向敵猶可勝《てきにむかうはなおかつべし》、女賊害人難可禁《にょぞくひとをそこなうはきんずべきことかたし》」（智度論）だのと、女人は男を縛《いまし》めて恐ろしいところへ引きずってゆく盗賊のように思われる。また「女人は大魔王なり、能《よ》く一切の人を食ふ」（涅槃経《ねはんきょう》）や、「一とたび女人を見れば、能く眼の功徳を失ふ。縦《たと》ひ大蛇を見るといへども、女人をば見るべからず」（宝積経《ほうしゃくきょう》）などを見ると、いかにも獰悪《どうあく》な動物のようにも思われる。

しかし、唯識論には「女人地獄使《にょにんじごくし》、永断仏種子《ようだんぶちしゅし》、外面似菩薩《げめんじぼさち》、内心如夜叉《ないしんにょやしゃ》」とある。年上の千手丸には、地獄の使いとされる女人が、どうして菩薩《ぼさつ》に似ており、そのような美しい容貌をもつものが、どうして大蛇より恐ろしいとされるのか不思議で仕方ない。

十六になった歳《とし》の春、女人の妄想にとりつかれた千手丸は、横川《よかわ》の僧都のもとに使いに出された帰途、半日もあれば往復できるという都へ行ってくるという。悟りの道の妨げになる疑惑を晴らすためにも、女人というものを一度見てみたいというのである。

瑠璃光丸に別れを告げて、山を下りた千手丸は、二日たっても三日たっても帰って来なかった。それから半年ほど過ぎた秋になり、いまでは深草の長者の婿になった千手丸の手紙をもった使いのものが瑠璃光丸を尋ねてやってきた。

その手紙には、「浮世は夢にても幻にても候はず、まことは西方浄土を現じたる安楽国にて候ぞや。（中略）円頓の行者たらんよりは、煩悩の凡夫たらんこと、はるかに楽しくよろこばしく候ぞかし」とあり、瑠璃光丸に早く山を下りてこいと勧誘している。

瑠璃光丸は意を決してその誘惑を断ったが、十五歳にもなると、かつて千手丸を苦しめた妄想の意味がようやく分かるようになる。その苦悩を上人へ告白し、二十一日間の水垢離《みずごり》をとって法華堂に参籠した瑠璃光丸に、その満願の夜、夢のなかに気高い老人があらわれて、次のようなことを語る。

お前は前世で天竺のある王国の役人をしていたが、ひとりの美しい女人がお前を深く恋い慕っていた。女はどうしてもお前を迷わすことができなかった。お前は女の色香を斥《しりぞ》けた善因によって、この世では上人の膝下に育てられる身の上になったが、その女もいまだお前を忘れかねて、一羽の鳥に姿を変えてこの山のなかに住んでいる。この世では禽獣《きんじゅう》の生をうけたが、貴い霊場に棲《す》んだので、来世には西方浄土に生まれるのだ。いま、その女は手疵《てきず》を負うて死のうとしている。早くその女に会ってやるがいい。そうしたらお前の妄想は必ず名残なく晴れるだろう、と。

十二月も末に近い朝まだき、釈迦が嶽《たけ》の頂上に達すると、降り積もる雪のなかに一羽の鳥が負傷して、点々と真紅の花を散らしたように血をしたたらせながら、喘《あえ》ぎ悶《もだ》えて苦しんでいた。瑠璃光丸は一散に走り寄って、両腕に彼女をしっかりと抱きしめた。

『二人の稚児』の内容をやや詳しく記してみた。この物語の展開からもこの時期に谷崎が直面していた内面の分裂的な葛藤を読みとることができよう。瑠璃光丸は明らかに幼少期における〈聖人願望〉の延長上に設定された人物であり、千手丸は思春期の谷崎を象徴している。当時、谷崎の抱えていた「『悪』の力を肯定し讃美しようとしながらも、絶えず『良心』の威嚇を受けて居る」という状況が実によく表現されている。

谷崎と浄土真宗

『二人の稚児』執筆のために谷崎は、仏典も相当読みこんだようである。ふたりの稚児が「女人」についてさまざまな空想をめぐらせる箇所で言及される経文が存覚撰《ぞんかくせん》の『女人往生聞書』

によっていることは、堀部功夫《ほりべいさお》の調査（「『二人の稚児』と古典」）によって明らかにされている。さらに堀部は谷崎がこの作品を書くために覚如《かくによ》の『拾遺《しゅうい》古徳伝《ことくでん》絵詞《えことば》』を参照したことも実証している。

『女人往生聞書』は文字どおり女人の身をもって往生をとげた事例を語ったもの。『拾遺古徳伝絵詞』は法然と親鸞との子弟関係を強調するようにまとめられた法然上人の伝記である。ともに真宗の聖典として尊ばれてきたもので、明治以降、活字本としてまとめられたのは一八八九年に四時染香書院から刊行された『真宗仮名聖教』など、何種類かあるという。

谷崎がどの本によってこれらの真宗聖典に触れたのかは分からない。が、これらの真宗の聖典をまとめたものには、『歎異抄』も必ず一緒に収められている。

今日においてこそ『歎異抄』は著名だが、近代以前にはほとんど知られることがなかった。蓮如《れんによ》はその写本の奥書に「斯の聖教は当流大事の聖教たり。無宿善の機においては、左右なく許すべからざるものなり」（原文は漢文）と記した。つまり、浄土真宗のためには大切な聖教であるが、「無宿善の機」（前世で仏教に縁なく、深いつながりをもたないもの）には無造作に見ることを許してはいけないとされた聖教である。

谷崎は、後年、「現代口語文の欠点について」（一九二九年）で浄土真宗本願寺派第二十二世法主である大谷光瑞《こうずい》の文章について言及しているし、「日本文で哲学思想を有効に表現するのに」参考となるものとして『歎異抄』の名もあげている。また中学時代に清沢満之のもとに集まった暁烏敏、佐々木月樵、多田鼎を中心とする浩々洞のメンバーが発行していた雑誌「精神界」をのぞいたりしていたところから、浄土真宗の教義についてもひと通りは知っていただろう。

暁烏敏のこと

明治以降、『歎異抄』の存在を一般に知らせたのは清沢満之と、清沢に師事した暁烏敏である。ことに暁烏敏は二十一歳で『歎異抄』に出会い、生涯にわたって『歎異抄』を自己の信仰の柱として説きつづけ、『歎異抄』の存在を世に知らしめた功績は大きい。

暁烏は『更生の前後』（一九二〇年）の緒言「清沢先生へ」において、「私が羞恥といふことを感じたのは、まだ幼い時に性慾本能の発動した時であつた。青年期に及んで秘密があるやうになり、罪悪の感じを得るやうになつたのはやはり性慾本能の発動の為であつた。二十歳前後から、特に私は性慾本能との苦闘をやり、常に負けてばかり泣いてゐたのであります」と語っている。

暁烏は一八七七年七月十二日に石川県白山《はくさん》市の真宗大谷派の明達寺《みようたつじ》に生まれている。谷崎潤一郎より九歳の年上である。「二十才頃までは日本の人心の腐敗を歎き、真宗の御法義の乱れてをることを歎いて、自分の一生にはこの日本の乱れてをる人心を正し、乱れてをる宗門の状態を改めようといふやうな大きな願ひを持つて」いたが（「『歎異鈔』と私」）、自分の内なる罪の意識に苦しみ、そこからの救いと慰謝を求めて『歎異抄』に出会ったという。

子安宣邦《こやすのぶくに》は『歎異抄の近代』（二〇一四年）において、「青年暁烏の逢着《ほうちゃく》する〈人生問題〉とは〈性欲〉の問題であ」り、「〈性欲〉を〈人生問題〉にした青年暁烏の煩悶と苦悩の中から『歎異抄』が発見され」たと論じている。

暁烏は一九〇三年一月から「歎異鈔を読む」を「精神界」に八年間、五十五回にわたって連載し、一九一一年には『歎異鈔講話』として刊行している。「精神界」は、第二章でも触れたように谷崎が多大な影響をうけた真岡勢舟「青鬼堂に与ふる書」が掲載された雑誌でもあった。谷崎はいつ頃まで「精神界」に目をとおしていたのだろうか。暁烏の「歎異鈔を読む」を読んだかどうかも分からない。が、世の中の乱れを正そうとしながら、自己の内側からあふれ出る制御不能な性欲の暴発を抑えることができず、挫折感を味わうということではふたりはよく似ている。

谷崎はクラフト・エビングに出会うことで、みずからの性癖が普遍的なもので、必ずしも自分ひとりの特殊なものでないことを知り、藝術世界にそれを解放する道を選んだ。暁烏の方は『歎異抄』との出会いをとおして、自己のうちに抱える悪業や穢《けが》れを見すえ、宗教的な救済の道を求めてゆく。

性的欲望との苦闘

谷崎に中学時代からの親友であった大貫晶川をモデルにした『亡友』(一九一六年)という作品がある。その冒頭で若くして亡くなった大貫(作中では大隅)が生涯をとおして、始終異性と道徳とのために悩み、傷つき、藻掻《もが》いたことを語り、「私は同君の生涯を通観する毎《ごと》に、女と云ふ者が男子に対してどれ程恐ろしい力を振ふかを、しみ〴〵と感じさせられる」と記している。

大貫は高邁《こうまい》な、純潔な気性の人間で、生まれながらに敬虔《けいけん》な、厳粛な道徳性を有していた。その大貫が「女」のために深く苦しめられ、根《こん》枯れ、精《せい》尽きて夭折《ようせつ》してしまったことを思えば、「〇〇斯く迄に恐ろしい『女』の力を考へれば、私は到底其の力に向つて、反抗しようなど、云ふ勇気は起らない。寧《むし》ろ大人しく其の愛撫《あいぶ》に服して、安らけく楽しく生きて行きたいと願ふばかりである」という。

この作品を掲載した雑誌は、これのために発禁処分をうけたが、引用文中に「〇〇」とあるのは初出誌における伏字である。おそらく「情慾」とか「肉慾」とかいったような言葉が入るのだろうが、女色に対してまったく意志薄弱だった大貫は、良心の呵責《かしやく》にさいなまれ、苦悶し懊悩《おうのう》しながら、激しい罪悪感から神経衰弱に陥ってしまう。

明治末年から大正期にかけてデビューした青年作家たちには、みずからの性的欲望との激しい葛藤を文学的モチーフとしたものが少なからずある。日露戦後の個人主義の台頭と、自然主義によって解放された性の欲望とにうながされたかたちだったが、『歎異抄』受容の下地もここにあったといっていい。

悪人正機の説

倉田百三の『出家とその弟子』が刊行されて、ベストセラーになったのも一九一七（大正六）年である。親鸞と対立する息子の善鸞《ぜんらん》、ふたりの間をとりもつ弟子の唯円《ゆいえん》などを登場させて、『歎異抄』の教義を戯曲化しながら、自己の体験からキリスト教的影響も強くうけて書かれた作品である。暁烏敏はこれを読んで、「耶蘇教とそつくりの親鸞が出てゐるので、親鸞を尊崇する私」は失望したと評している（『前進する者』）。

が、『歎異抄』の「善人なをもて往生をとぐ、いはんや悪人をや」という悪人正機説ほど俗受けし、熾烈《しれつ》な個我意識と盛んな性欲を持てあました若者にうけ入れられやすい教えもなかったろう。「煩悩具足のわれらは、いづれの行にても生死《しょうじ》をはなるることあるべからざるを、（阿《あ》弥陀仏《みだぶつ》が）あはれみたまひて願《がん》をおこしたまふ本意、悪人成仏のためなれば、他力をたのみたてまつる悪人、もとも（もっとも、第一の）往生の正因《しょういん》なり。よて善人だにこそ往生すれ、まして悪人はと、（法然上人が親鸞へ）おほせさふらひき」という。

若き日の暁烏は抑制のきかない旺盛な性欲に苦しめられたが、一九〇二年に佐々木月樵の妹房子と結婚した。房子は結婚後、間もなくして肺を病んで、一九一三年に亡くなっている。「清沢先生へ」には、妻の死後間もなく、看護のためによこされた若い女性と関係をもったことが告白されている。

妻の没後に手伝いにきた姪《めい》と関係してしまった島崎藤村『新生』（一九一八〜一九一九年）を引き合いに出しながら、「これまで抑へ抑へて来た性慾の情火が一度にドツと崩壊し」、「これまで築き上げた自分の人格の破壊に等しいこの情慾の奴隷」となってしまったことに混乱したという。その女性との関係はほんの暫《しば》くのあいだであったが、妻を亡くした翌年には、中学時代からの恩師である今川覚神の娘総子と再婚した。

一九一七年には暁烏の説教を聞いた原谷とよ子と知り合い、やがて原谷とも関係をもつようになる。暁烏はそのことを総子にも告白し、ふたりが阿弥陀を観音・勢至が脇侍するように両方から自分を支えて欲しいといったという。一九二四年に原谷が病没するまで、この奇妙な三角関係はつづいたが、ある意味いい気なものである。が、こうした暁烏の行動の根底には次のような思いがひそんでいたようである。

現実生活、肉慾生活の最も深いどん底のくらやみからをどりあがる、帰命の宗教は、唯一絶対の他力本願の教へであります。悪人正機の本願といふのは、最も現実の底に溺れた、最も暗い肉の臭ひに染まつたところの救済力といふことを表現してをるのであります。この道は、すがりつく道であります。

（『更生の前後』「蘇生のなやみ」）

またこんな風にも記している。

悪人正機といふ事は、自分正機のことであるといふ事の味はゝれた人でなければわからぬ言葉である。弥陀の本願は暁烏正機である。暁烏一人のこの儘《まま》の生活、それが光明だらうが、闇黒だらうが、苦であらうが、楽であらうが、善であらうが、悪であらうが、このまゝが本願の大道である。自然の大道は私のこのありの儘の姿である、と彼は興奮した時に日記に書いた。

（『更生の前後』「誕生の喜び」）

宗教新聞から色魔とも断罪された暁烏だったが、何ものにも掣肘《せいちゆう》されず、ありのままで自然な、まったき自由を求めたのだろう。我がままといえば我がまま、手前勝手といえばこれほど手前勝手なこともない。求道に名を借りた、エゴイズムの究極のかたちともいえるかもしれない。

義妹せいと小田原事件

谷崎は一九一七年五月に母の関を失っている。やもめ暮らしとなった父の住む家に妻子を預けて、谷崎は千代の妹せいを引き取って、書生と三人での同居生活がはじまった。せいは一九〇二年三月生まれであるから、十五歳になって間もないときである。良妻賢母型の姉の千代と異なって、せいは谷崎好みの我がままで、奔放な女性だった。やがて谷崎はせいと肉体的な関係をもつようになる。

一九一九年暮れには、谷崎は小田原へ転居した。鮎子が腺病質だったところからの転地療養だったが、翌一九二〇年五月に横浜に創設された大正活映株式会社の脚本部顧問として招聘《しようへい》され、映画制作にかかわるようになった。谷崎が脚本を執筆して制作された大正活映の第一作は『アマチュア倶楽部』という作品である。

谷崎はせいを映画女優に育てようとして、この作品に葉山三千子という藝名で出演させている。おのずから谷崎とせいは、横浜を中心に行動をともにすることが多くなった。せいはその後も何本かの映画に出演したが、谷崎が期待したような女優として大成することはなかった。

谷崎は結婚当初から千代との夫婦関係がうまくゆかなかったが、千代への冷遇と虐待とは、せいを引き取ってからはいっそう他者の目にもあまるようになった。当時、谷崎は佐藤春夫と親しく交際し、佐藤は頻繁に谷崎家に出入りしていたが、谷崎にいじめられる千代に同情を寄せ、いつしかそれは愛として意識されるようになった。

そんな佐藤に谷崎は千代を譲ることをいったん承諾した。千代と別れてせいと結婚するつもりだったが、せいが谷崎との結婚を嫌がった。それで谷崎は前言をひるがえして、千代との結婚生活をもう一度やり直すといいだした。千代も鮎子への愛情にひかれて、谷崎のもとを去ることができなかった。

佐藤の千代への愛情は満たされないままに宙づりにされてしまったわけである。こうした仕打ちに堪えきれなかった佐藤は、谷崎への怒りを爆発させ、谷崎と絶交した。いわゆる小田原事件である。

佐藤は千代への変わらない愛を、「秋刀魚《さんま》の歌」（一九二一年）をはじめとする多くの詩篇や、『剪《き》られた花』（一九二二年）などの小説に表現した。これまでの谷崎夫婦とのいきさつをこと細かに描き出した『この三つのもの』（一九二五〜一九二六年）という写実的な長篇小説も執筆している。これは完結の間際に谷崎との和解がなったことにより、惜しいことに未完となってしまった。

谷崎も佐藤とのいきさつや、妻の千代と愛人のせいとの姉妹の入り組んだ関係などを題材としながら虚構化した『愛すればこそ』（一九二二年）や『神と人との間』（一九二三〜一九二四年）などを発表した。いずれも愛欲にとらわれた、愛憎渦巻く混沌《こんとん》とした人間関係の複雑な心理の動きを緻密に描き出した野心作である。

「美」による救済

一九二六年八月に新潮社から刊行された『現代小説全集第十巻　谷崎潤一郎集』の扉には、墨書された谷崎の「たとへ神に見放されても私は私自身を信じる」という言葉が題辞として掲げられている。恐ろしいまでにふてぶてしく傲岸な、自己を頼むことの強い性向を表現した言葉である。

大正期の谷崎は、暁烏敏にも劣らないほど、はたから見れば我がままで好き勝手放題、エゴイスティックな行動をとっている。谷崎と暁烏とでは、どこまでも自己の信念を貫き、自己の身心の最深奥からあふれでる欲望にあくまで自然に、忠実であろうとしたことにおいては共通している。谷崎の「或る時の日記」（一九二〇年）には、次のようにある。

それからまた、己はこんなことを思ふ。――藝術は悪人が悪人のまゝで解脱し得る唯一の道だと。宗教では悪人は拒絶されるが、（尤《もつと》も浄土真宗は例外かも知れない）藝術の国へは悪人でも這入《はい》つて行かれる、――たゞ藝術を信じさへすれば。此の世では悪であつても彼の世（美の世界）では悪もなく善もなく美があるばかりであるから。

暁烏はひたすら念仏を称《とな》えることで、現世での悪を超えて、来世の救済を願ったが、谷崎の場合はその救済を「美」に求めたということだろう。「或る時の日記」には、「藝術の極致と宗教の極致とが結局盾の両面だらうとは己も信じる。藝術家だつて宗教家と同じく信仰が用《い》る。しかし藝術家の信ずる神は『美』だ。その外の何者でもなく、『美』がわれわれを救つてくれるのだ」とある。

暁烏と谷崎とは、何ものにもゆるがない強固な個我をもって、一途に自己の固有な生を貫きとおすことができた。『出家とその弟子』の倉田百三にしても、大正文学を代表する「白樺《しらかば》」派の武者小路実篤や志賀直哉などにしても、彼らが青年期を送った大正という時代は、そうした強烈な自我の貫徹が許された時代だったのかもしれない。

関東大震災

一九二三年九月一日に起こった関東大震災は、そうした時代の雰囲気に止めを刺した。明治以降の近代日本での最大の自然災害である関東大震災は、首都東京を焼土と化し、死者・行方不明者数は十万を超えて、時代を一変させた。谷崎はこのとき小田原から横浜へ移っていたが、この震災は谷崎の生涯にも決定的な転機をもたらすことになる。

夏の休暇を家族とともに箱根で過ごした谷崎は、子どもの新学期の開始に合わせて妻子を横浜の自宅へ戻した。谷崎は原稿執筆のためにひとり箱根に残っていたが、地震が起きたとき、芦《あし》ノ湖《こ》畔から小涌谷《こわくだに》へ向かうバスのなかにいた。

小田原から東京方面は壊滅的な被害をこうむって、すべての交通手段はストップされたが、三島から西へゆく列車は動いているということで、谷崎は三島から大阪へ向かった。大阪に着くと、まず大阪朝日新聞社へ飛び込み、そこで体験談を口述筆記した。そして、長篇小説執筆の約束をし、その原稿料を前借りして、神戸から船で横浜へ帰った。

横浜の自宅は全焼しており、家族とは東京の親戚の家で無事に再会することができた。谷崎はそのまま家族を連れて再び神戸へ向かい、関西へ避難した。後年、『東京をおもふ』(一九三四年)で「ほんの一時の避難のつもりで関西へ逃げて来たことが、私を今日あらしめた第一歩であつたやうに思はれる」と語るが、この関西移住がその後の谷崎文学には決定的に大きな意味をもつことになる。

『痴人の愛』

関西移住後に最初に書いた長篇小説は『痴人の愛』（一九二四〜一九二五年）である。震災直後に「大阪朝日新聞」に連載を約束したものだが、これは震災直前に「東京朝日新聞」へ連載した『肉塊』を焼き直したようなものである。読者は大阪圏の購読者に限られるので、谷崎は手慣れたテーマを手軽な一人称の手法で、震災前の東京と横浜を舞台とした作品を気軽に書きはじめたのだと思われる。

「君子」と綽名される模範的なサラリーマン河合譲治は、ナオミという十五歳の少女と出会い、彼女を引き取って自己の理想とする女性に育てようとする。ナオミは精神的には譲治の期待を裏切りながら、肉体的には理想以上の魅惑的な存在となり、譲治はその魅力に抗することができなくなってしまう。譲治はナオミの我がままをすべて甘受し、ひたすら彼女を拝跪する「痴人」になりおおす。

谷崎の小説の第一作『刺青』は、「其れはまだ人々が『愚《おろか》』と云ふ貴い徳を持つて居て、世の中が今のやうに激しく軋《きし》み合はない時分であつた」と書き出された。谷崎文学をもっとも顕著に特色づけるのは、この「愚」という貴い徳から「痴人」への系譜である。

最晩年の『瘋癲老人日記』には、息子の嫁にあさましい性的欲望をいだく瘋癲老人の姿が描き出される。嫁と「ピンキー・スリラー」を演じたり、その足型を拓本にとり、それを墓石に彫ってその下に永遠の眠りにつくといった願望をいだいたりする。〈愚〉――〈痴〉――〈瘋癲〉といった、いわば病ダレの系譜は、出発点から最晩年に至るまで谷崎文学の変わらざる最重要モチーフであった。

中学時代の谷崎が真岡勢舟の「青鬼堂に与ふる書」に大きな影響をうけたことは第二章ですでに指摘した。そこには「嗚呼、世を挙て凡て賢者なり。我は寧ろ愚なりとするに如《し》かず。世を挙て凡て至愚なり。我、独り自ら高しとするに足る。親鸞は則前者に近く、釈尊は則後者に近きか」ともあった。

愚禿《ぐとく》と称した親鸞の立場が、痴愚を礼讃する谷崎の文学にそのまま重なることはいうまでもない。が、この真岡の言葉が、『刺青』において「『愚』と云ふ貴い徳」を讃える谷崎に直接的な影響を及ぼしたとまではいえないだろう。浄土真宗の信者でもなければ、暁烏のように愚禿親鸞へ絶対的に帰依していたわけでもない谷崎が、その教義から「愚」の徳を学んだとは思えない。

しかし、真岡の「青鬼堂に与ふる書」を読んで以来、どこか意識の深いところで、無自覚的にそうした「愚」についての認識が刷り込まれていたのかもしれない。

「愚」「痴」の系譜

暁烏は「愚」について、次のように説いている。

唐の善導大師が「我等愚痴身」と名乗り、法然聖人が「愚痴の法然房」と云はれ、親鸞聖人が「愚禿親鸞」と云はるゝのは、正しく愚人の為に、宗教の門を開かれた宣言であつた。法然聖人が「浄土門の人は愚痴にかへりて往生す」と申されたやうに、自分で賢いものだ、智《ち》慧《え》があるなどと自惚《うぬぼれ》根性のある人は、有限世界に満足して、未だ無限の天地に接しないのである。私共は無限の天地に対する時はどうしても、自己の無智を悟らずにはをられぬ。故に愚者が宗教の門にはいる事ができると同時に、宗教の門にはいつてゐる者は常に自己の愚を知ると云ふ事ができる。

(『歎異鈔講話』)

はかり知れない広大無辺な阿弥陀の立場からすれば、人間はすべて愚者であり、みずからを「愚」「痴」と認識すればこそ、無限の天地を求める宗教の門に入ることも可能になるというわけである。藝術の世界も「美」への信仰によって、ある一面で宗教的な側面をもつことは谷崎自身も指摘しているところである。谷崎の希求する「美」が、実感的な官能世界に深く根ざしておれば、痴愚の系譜につらならざるを得ない。

自然的存在としての人間の肉体的本能を容認し、快楽と幸福への欲望を追い求めるかぎり、宿命として「愚」「痴」たることをまぬがれえない。浄土真宗の立場に立てば、自分の気の向くところ、自分の心の欲するところにしたがって行動して、たとえそれが過失であろうと罪悪であろうと、無限大悲の阿弥陀如来は一切の責任を負うてくれる。

自然の流れのままにすべてを阿弥陀仏にゆだねる他力本願のように、永遠なる藝術世界に「美」の王国を建立したならば、すべての障碍《しょうがい》は取りのぞかれて、すべては許されることになる。「藝術は悪人が悪人のまゝで解脱し得る唯一の道」なのである。自己が自然界のひとつの生命体として存在するかぎり、「愚」「痴」として生きてこそ生の躍動を感ずることができるわけである。

『痴人の愛』の譲治も、ナオミへの愛の痴人となりおおせたとき、ナオミの肉体の「部分々々を大映しに」した写真が、「さながら希臘《ギリシヤ》の彫刻か奈良の仏像」のように永遠なるもの、聖なるものとして現前する。「こゝに至つてナオミの体は全く藝術品となり、私の眼には実際奈良の仏像以上に完璧なものであるかと思はれ、それをしみぐ〜眺めてゐると、宗教的な感激さへが湧いて来るやうになる」というのである。

いずれにしても、これまで谷崎は西洋や中国など遠い彼方の世界に自己の夢想を投影したエキゾティシズムあふれる物語を多く書いてきた。また結婚した千代夫人との不和と、義妹せいへの惑溺といった、愛憎もつれあう男女関係をモチーフにした作品を多く描きつづけてきた。

関東大震災により関西へ逃れてきて、肩の力を抜いたように書き出された『痴人の愛』は、空間的にも時間的にも距離をもって過去の自己を対象化し得たのか、結果的には前期の谷崎文学を集大成するような作品に仕上げることができた。「ほんの一時の避難のつもりで」逃げてきたが、やがて関西の地に残る古い日本の伝統文化の古典的な美しさに魅了されて、いつしか関西の地にどっしりと根を下ろすようになる。

Ⅱ　文豪への道

第五章　ヴァイニンガー再読
――「タイプ」の発見

震災後の文学的状況

谷崎潤一郎の文学は、関東大震災による関西移住によって前後に二分される。震災以前の文学については、「佐藤春夫に与へて過去半生を語る書」（一九三一年）において谷崎自身、「色彩の強烈な、陰翳《いんえい》のない華麗な文学を志してゐたあの頃の僕」といった簡明な表現を与えている。それが、関西移住後には日本文化の伝統を重んじる古典主義的な、谷崎の著名な随筆作品のタイトルをそのままに使えば、〈陰翳礼讃〉の文学へと転換したのである。その作風は大きく一八〇度転回し、関西移住の前後では、一見して同じ作家が書いた作品とはみなしがたいほどの大きな変化をとげている。

関東大震災によって変化がもたらされたものは谷崎の文学ばかりではない。東京中心だった日本の文壇全体を震撼《しんかん》させて、大きな転換をうながした。これまでの大正文学の中心であった「白樺」は、震災で印刷所とともに九月号が焼失してしまったので、それを機に廃刊された。

これに入れ替わるようにして、翌一九二四年六月には「文藝戦線」が、十月には「文藝時代」が創刊された。前者はプロレタリア文学運動の中心となり、後者は横光利一《よこみつりいち》、川端康成らの新感覚派の拠点となった雑誌である。昭和文学の実質的な出発点となった。

このプロレタリア文学とモダニズム文学の新しい文学運動に挟み撃ちにされた明治・大正期に活躍した既成の文壇作家たちは、動揺と混迷を深めていった。平野謙《けん》の提唱したいわゆる〈三派鼎立《ていりつ》〉である。

こうした時代を象徴する出来事として、一九二七年六月には宇野浩二の「発狂」があり、その翌月には芥川龍之介の自殺ということがあった。谷崎と芥川とは、芥川の自殺の直前に〈小説の筋《プロット》〉論争と呼ばれる文学論争を展開したが、芥川は「将来に対する唯ぼんやりした不安」(「或旧友へ送る手記」)から、よりにもよって谷崎の四十一回目の誕生日である七月二十四日に自殺した。

芥川の盟友である菊池寛は、震災直後の「災後雑観」（一九二三年）に「自然の大きい壊滅の力を見た。自然が人間に少しでも、好意を持つてゐると云ふやうな考へ方が、ウソだと云ふことを、つくづく知つた」と記している。「自然の前には、悪人も善人もない、たゞ滅茶苦茶だ。今更人間の無力《オーンマハト》を感じて茫然《ぼうぜん》たる外はない」ともいっている。

価値観の転換

二〇一一年に三・一一の東日本大震災を体験し、福島第一原子力発電所の事故に直面した私たちの経験に照らしても、死者・行方不明者十万人を超えた関東大震災の惨劇に出会って、この時代の人々の価値観が大きく動いたことは、十分に理解できる。震災後の文化状況は、文壇のみならず、あらゆる分野において、まさに地殻変動といってもいいような価値転換が行われたといっていい。

もっと大きな視点からいえば、誰も予期しなかった関東大震災に類似した惨劇を、ヨーロッパでは第一次世界大戦によってはるかに大きな規模で体験したといえる。ヨーロッパではナポレオン軍が撃破された一八一五年のワーテルローの戦いから百年近く大きな戦争はなかった。もちろん一八五三年に勃発したクリミア戦争や、一八七〇年から翌年にかけての普仏戦争など戦火が絶えたわけではない。が、ヨーロッパ全土にまたがる大規模な戦争は起こらず、社会は比較的安定し、人々は豊かな教養を身につけて、文化の花開いた時代であった。

それが一九一四年のサラエボでの一発の銃声から、誰も願いもしなければ望みもしなかった戦争が勃発し、人間の理性や合理性によって統合された十九世紀的な教養といったものへ全幅の信頼を寄せることが難しくなった。第一次世界大戦後の一九二〇年代は、人間の理性や知性への信頼がまったく地に墜ちてしまった時代だったといえる。

またこの時代は、一九一七年にはフロイトの『精神分析入門』が刊行されて、精神分析学が一般に浸透していった時代でもあった。人間のなかには意識によって統合された自己とは別に、無意識に支配されたもうひとりの自分が存在するということが自明視されるようになった。

こうした新しい現実の到来に、それにふさわしい新たな表現が模索されるようになり、第一次世界大戦後のヨーロッパには、ダダイズム、シュールレアリズム、表現主義などの藝術運動が起こった。関東大震災後の日本のモダニズムもこの影響のもとに、意識や理性によって統御されたリアリズムの手法ではとらえられなくなった新しい藝術的な表現をめざしていった。

『青塚氏の話』について

『痴人の愛』に前期の文学を集大成させた谷崎も、こうした新たな現実の到来に自己の立脚点を再点検しなければならなくなった。みずからの文学も時代の変化に合わせて、大きく転換させなければならないことを意識していた。ちょうどそんなときにオットー・ヴァイニンガーの『性と性格』が、村上啓夫《ひろお》によって英訳からの重訳であったけれど全訳されてアルスから刊行された。

ヴァイニンガーに関しては杉田直樹に教えられ、片山正雄が祖述した『男女と天才』を繙読《はんどく》したことはすでに指摘したが、この時期にあらためてこの全訳にも目をとおしたようである。『痴人の愛』の完成後の谷崎は、再度の上海《シャンハイ》旅行をしたりして、自己の文学の方向を大きく転換させるための、さまざまな試行錯誤を試みている。

またこの転換期にいろいろと幅広く、さまざまな傾向の小説や文献に目をとおしている。もちろん谷崎文学の変化をヴァイニンガーの再読のみによって説くことはできない。が、青春期に触れてその文学を形成するに与《あずか》って大きな力をもったヴァイニンガーを、あらためてこの時期に全訳によって再読したということは少なからざる影響を与えたようである。

実際、一九二八年に『卍』『蓼喰ふ虫』の筆を執って、作風転換の舵《かじ》を大きく切るまでのあいだ、今日の文豪谷崎のイメージからすれば、とんでもないような作品もいくつか書いている。新たな可能性をさぐっての試行錯誤の結果だったと思われるが、そのひとつに『青塚氏の話』(一九二六年)といった作品がある。自分が好きな女優をモデルに幾体ものラブドールを制作するといった変態性欲者を描いた奇天烈《きてれつ》な作品であるが、これなどはヴァイニンガーの再読がなければ決して発想されなかったろう。

『青塚氏の話』に関しては、私はもう四十年以上も前に一度論じたことがある。私自身の谷崎研究の出発点ともなったものだが、この作品に見られる映画論によって谷崎文学におけるプラトニズムを指摘し、それが大正から昭和への大きな変貌をとげた谷崎文学にあっても変わらないもの、両者をつなぐものだと論じた（『谷崎潤一郎　狐とマゾヒズム』）。

その折には村上啓夫訳『性と性格』の存在を把握していなかったので、ヴァイニンガーとの関係をもうひとつ踏み込んで論ずることができなかった。村上訳『性と性格』を介することで、関東大震災後の大正から昭和への谷崎文学の転換について新たな照明をあてることもできるようになった。少し詳しく論じてみたい。

『青塚氏の話』は中田という映画監督の遺書のかたちをもって書かれている。ある日、中田はまったく見知らぬ男（この男が題名から推して「青塚氏」なのだろうが、本文中にはどこにもそうと書かれていない）に出会って、異様にして奇怪な経験をする。男は、女優であり中田の妻である由良子《ゆらこ》が主演し、中田の監督した映画を繰り返し何度も見ているばかりか、中田以上に微細にわたって由良子の肉体的特徴を知っている。

その男と由良子とは直接には一度も会ったことはない。男はフィルムの映像をとおしてのみであるが、由良子の肉体を観察して、その特徴をことごとく記憶している。「フィルムの中の幻影」である由良子の身体的な特徴を具体的に絵によって表現さえして見せる。そして招かれたその家には幾体もの精巧につくられたさまざまな姿態の由良子のラブドールが置かれていた。

映画とプラトニズム

男は彼一流の「映画哲学」をもっており、中田に向かって次のように語る。

いいかね、君、こいつを君は忘れてはいけない、君の女房も実体だらうが、フイルムの中のも独立したる実体だと云ふことを。——かう云ふとそれは屁理窟だ、二つが共に実体だとしても、孰方《どつち》が先に此の世に生れたか、君の女房が居なければ、フイルムの中の由良子嬢は生れて来ない、第一のものがあつて始めて、第二のものが出来ると云ふかも知れないが、もしさう云ふなら、君の愛してゐるところの、さうして恐らくは崇拝してさへゐるだらうところの、真に美しい由良子嬢と云ふものは、フイルム以外の何処に存在してゐるのだ。君の家庭に於ける由良子嬢は、『夢の舞姫』や、『黒猫を愛する女』や、『お転婆令嬢』で見るやうな、あんな魅惑的なポーズをするかね。さうして孰方に、由良子嬢の女としての生命があるかね。………（中略）
さうすると結局、斯う云ふことが云へないだらうか、——フイルムの中の由良子嬢こそ実体であつて、君の女房は却つてそれの影であると云ふことが？（中略）あの舞姫やお転婆令嬢は、自分の監督や女房の演技が生んだのではなく、始めからあのフイルムの中に生きてゐたのだ。それは自分の女房とは違つた、或る永久な『一人の女性』だ。自分の女房はただ或る時代にその女性の精神を受け、彼女の俤《おもかげ》を宿したことがあるに過ぎない。（中略）さう思ふやうになるだらう。………（『青塚氏の話』）

男は、「此の世の中には君や僕の生れる前から、『由良子型』と云ふ一つの不変な実体があり、「それがフイルムの上に現はれたり、君の女房に生れて来たり、いろいろの影を投げるんだよ」という。また「『実体』の哲学を持ち出して、プラトンだのワイニンゲルだのとむづかしい名前を並べ始め」て論じたというが、それは次のように要約されて語られている。

要するにお前、――――「由良子」と云ふものは、昔から宇宙の「心」の中に住んでゐる、さうして神様がその型に従つて、此の世の中へ或る一定の女たちを作り出し、又その女たちに対してのみ唯一の美を感ずるところの男たちを作り出す。私と彼とはその男たちの仲間であつて、われわれの心の中にも矢張り「お前」が住んでゐると云ふのだ。此の世が既にまぼろしであるから、人間のお前もフイルムの中のお前もまぼろしであるに変りはない。まだしもフイルムのまぼろしの方が、人間よりも永続きがするし、最も若く美しい時のいろいろな姿を留《とど》めてゐるだけ、此の地上にあるものの中では一番実体に近いものだ。人間と云ふまぼろしを心の中へ還元する過程にあるものだと云ふのだ。………

（『青塚氏の話』）

ここに語られた映画論が、「実体」や「影」といった用語によって説かれているところからプラトンのイデア論の影響のもとに書かれたことはいうまでもない。この作品の自筆原稿の一部が日本近代文学館に所蔵されているが、その原稿や雑誌に連載された初出文を見ると、冒頭には「前篇」とあり、最終回の本文末尾には「（前篇終り）」とある。タイトルにある「青塚氏」が、一度も作中で説明されないことも不自然である。この作品は未完の中絶作だったようだ。

谷崎は一九二〇年五月に大正活映の脚本部顧問として招聘され、翌年十一月まで一年半ほど映画制作に没頭した。『青塚氏の話』はその折の体験に基づいて執筆されているが、おそらく後篇では中田亡きあと、青塚氏が現実の由良子に出会って、現実の世界と「フイルムの中の幻影」に托《たく》されたプラトン的観念とが角逐するさまが描かれるはずだったと思われる。谷崎はこの作品をひとつの哲学小説、ないしは思想小説に仕上げようとの意気込みで取り組んだのではなかったろうか。

MとW

芥川龍之介は、谷崎が大向こうをアッといわせるような、あまりに奇抜な作品ばかりを書こうとしていると批判したが、『青塚氏の話』はいかにも中途半端な失敗作に終わってしまった。が、先の引用文にも「プラトンだのワイニンゲルだの」と記されていたように、この作品にはプラトンばかりか、ヴァイニンガーからの顕著な影響もうかがわれる。そして、それが前期と後期の谷崎文学の橋渡しをするような興味深いものとなっている。

それはひとえに男女の性について「型《タイプ》」という概念を導入したことである。「男性と女性、男と女は型《タイプ》としてのみ考へらるべきであ」（『性と性格』）るというのが、ヴァイニンガーの基本的な考えである。片山正雄の『男女と天才』では、これに「類型《チユーアス》」という、やや堅苦しい訳語をあてている。『青塚氏の話』にしても、のちの『蓼喰ふ虫』にしても、この単刀直入な「型《タイプ》」という訳語を得たことで、谷崎の想像世界は大きく羽ばたいたようである。

ヴァイニンガーは「吾等は性的型《タイプ》としてMなる理想的男子と、Wなる理想的婦人との存在を、仮令《たとへ》実際に存在しないとしても想像し得るであらう。かゝる型《タイプ》は構成されるばかりでなく、構成されなければならぬ。藝術に於けるやうに、科学に於ても、真の目的は型《タイプ》、プラトオン的理想でなければならぬ」（『性と性格』）といっている。そして、MとWとのあいだに実在する中間状態が、「型《タイプ》」の研究の発足点となるという。

つまり、あらゆる人間は、Mという理想的男性とWという理想的女性との中間状態にある「型《タイプ》」として存在しているというのである。MとかWとかはプラトン的理想であるから、数学の点や線と同じに、この現実には実際には存在することはできない。が、その存在を抽象概念として想定しないことには、この世界を構成することが不可能となる。

この現実において男と女とは、このMとWのふたつの要素が相異なる割合で結合しているのである。どのような男にも女性的要素が含まれ、どんな女にも男性的要素が含まれるが、その割合がそれぞれ異なるという。したがって、男らしい男もおれば、女らしい男も存在し、その逆に女らしい女もおれば、男らしい女も存在するということになる。

ヴァイニンガーは、「天才」とか「心霊」にかかわるあらゆる人間にとってのすぐれた側面を、男性的要素のMに付随するものとし、女性的要素のWには天才はありえず、ただ感覚的で性的な存在であると規定した。それゆえに今日、フェミニストやジェンダー論者にはヴァイニンガーはきわめて評判が悪い。

しかし、現実の女性がすべて男性より劣るといっているわけではない。あらゆる男も女もMとWとの要素の結合の中間的状態にあるわけだから、この現実世界においては男性よりすぐれた女性も存在することはヴァイニンガーも認めている。が、Mの絶対的男性にすべてのプラス的要素を与え、Wの絶対的女性にすべてのマイナス的要素を付与していることは間違いなく、フェミニストやジェンダー論者から目の敵にされても仕方ない。

「型」という思考

またヴァイニンガーは次のようなこともいっている。

総《すべ》ての人間は異性に対して彼自身に特有な嗜好を持つて居る。或る有名な人物が恋したと云はれる婦人達の肖像を比較するならば、吾等は大抵の場合それ等の婦人達が相似してゐる事、その類似は外形（更に精確に云へばその「姿態」）若しくは容貌に於て特に顕著なるばかりでなく、更によく観察するならば瑣々《ささ》たる細部、爪や指頭に至るまで現はれてゐる事を知るであらう。かゝる事実は他の総ての人間に就ても同様である。

（『性と性格』）

こうした考えが、『青塚氏の話』における「『由良子』と云ふものは、昔から宇宙の『心』の中に住んでゐる、さうして神様がその型に従つて、此の世の中へ或る一定の女たちを作り出し、又その女たちに対してのみ唯一の美を感ずるところの男たちを作り出す」という発想に通じていることは見やすいだろう。

青塚氏は「此の世の中には君や僕の生れる前から、『由良子型』と云ふ一つの不変な実体があるんだよ。さうしてそれがフイルムの上に現はれたり、君の女房に生れて来たり、いろいろの影を投げるんだよ」ともいう。その「由良子型」に属するものとしてハリウッドの映画女優マリー・プレヴォストや「静岡の遊廓《ゆうかく》の××楼に居るF子」などと数えあげてゆく。

それぱかりか由良子にそっくりそのままでなくとも、ある一部分が由良子に酷似したところを持つものもいる。F子の胸は由良子の乳房とそっくりであり、肩は「東京浅草の淫売のK子」に、臀《しり》は「信州長野の遊廓の○○楼のS子」にそのままである。膝、頸《くび》、手、足ということになれば、日本国中にたくさんいるというのだ。

そうすると、「或る永久な『一人の女性』」の実体がひとつの「型」であるならば、その影に過ぎない現実の女性より、その「型」にはまった人形の方がいっそう実体に近いという逆説が成り立つことになる。それゆえ、青塚氏はなみなみならぬ努力によって由良子とそっくりな「全く人間と同じ体温を持ち、（中略）唇からはよだれを垂らし、腋《わき》の下からは汗を出す」精巧な、いろいろな姿態の幾体もの人形をつくり出すことになる。

青塚氏にいわせれば、これらの人形こそ「『由良子の実体』なるもの」であり、「僕の唯一の愛玩物で、寧ろ神様以上」のものだという。酔っぱらった青塚氏は、中田の面前でそれらの人形とあらゆるみだらな戯れを演じて見せるのだが、そこからほうほうの体で逃げ帰った中田は、それ以来、生きる気力が奪われてしまったというのである。

「個」から「類」へ

ここで『痴人の愛』のナオミについて、もう一度確認しておきたい。譲治は十五歳のナオミを引き取り、「何処へ出しても耻《はず》かしくない、近代的な、ハイカラ婦人」に仕立てようとしたが、「彼女は頭脳の方では私の期待を裏切りながら、肉体の方ではいよ〳〵ます〳〵理想通りに、いやそれ以上に、美しさを増して行つた」という。

作品の終局近くナオミをいったん家から追い出した譲治は、かつての「ナオミの成長」と題した日記帳を取りだし、そこにはってある写真を見ていくうちに懐かしさに堪えなくなる。

「あゝ飛んでもない！　己はほんとに大変な女を逃がしてしまつた」

私は心も狂ほしくなり、口惜《くや》しまぎれに地団太を蹈《ふ》み、なほも日記を繰つて行くと、まだ〳〵写真が幾色となく出て来ました。その撮り方はだん〳〵微に入り、細を穿《うが》つて、部分々々を大映しにして、鼻の形、眼の形、唇の形、指の形、腕の曲線、肩の曲線、背筋の曲線、脚の曲線、手頸、足頸、肘、膝頭、足の蹠《うら》までも写してあり、さながら希臘の彫刻か奈良の仏像か何かを扱ふやうにしてあるのです。こゝに至つてナオミの体は全く藝術品となり、私の眼には実際奈良の仏像以上に完璧なものであるかと思はれ、それをしみ〲眺めてゐると、宗教的な感激さへが湧いて来るやうになるのでした。

まさにここに至ってナオミは、生身の現実のひとりの女性というよりも、聖なるひとつの偶像と化している。が、ここで注意しておきたいことは、『痴人の愛』においてはあくまでもナオミという「個」の存在が聖性を獲得するのに対して、『青塚氏の話』においては「個」を超脱した「型」こそが、永遠なる聖性を帯びることになるということである。

主体性や独自性を尊ぶ近代的思考においては、どこまでも「個」の世界に固執し、あくまでも「個」の輝きを追い求める。それに対して「型」ということになれば、類似の相においてこの世界を集合として把握することである。前者を自己同一性の世界とすれば、後者は自己相似性（フラクタル）の世界である。

原章二はミシェル・フーコーの『言葉と物』をふまえながら、類似への批判は十七世紀のデカルトの時代からはじまったといっているが（『《類似》の哲学』）、個人の力ではどうすることもできない戦争や大震災などに遭遇したとき、「個」の世界ばかりにしがみついてもいられない。また二十世紀の後半にコンピュータが出現し、今日、ＡＩによるビッグデータという考え方が一般化した世界からすれば、私たちのオリジナリティなどたかが知れたものでしかない。

第一次世界大戦後のヨーロッパ、関東大震災後の日本においては、世界認識の枠組みが大きく変化したといえる。近代の論理においては「個」の存在を絶対視してきたが、この世界にはそれを超えた力が作用し、人間もひとつの集合体として「類」とみなされることが、誰の眼にも明らかになった。

『日本に於けるクリップン事件』について

『青塚氏の話』の直後に谷崎は、『日本に於けるクリップン事件』（一九二七年）という探偵小説まがいの作品を書いている。「クラフト・エビングに依つて『マゾヒスト』と名づけられた一種の変態性慾者は、云ふ迄もなく異性に虐待されることに快感を覚える人々である」と書き出されるこの作品は、谷崎作品のなかでもマゾヒズムを正面から描いたものとして知られている。

マゾヒストが女に殺されることはあっても、女を殺すことはなさそうである。が、イギリスでは実際にそうした事件が起こった。ホーレー・ハーヴィー・クリップンなるマゾヒストが、マゾヒストにとっては理想的なパートナーだった自分の妻を殺して、新しい情婦に乗り換えたという。

『日本に於けるクリップン事件』は、日本でも同様な事件が起こったという想定で、その事件の顚末《てんまつ》を語るというかたちになっている。第三章でも言及したが、この作品には谷崎自身が理解するマゾヒズムについての定義が、ストレートなかたちで記されているので、ここに紹介しておきたい。

私は読者諸君に向つて、此の事に注意を促したい。と云ふのは、マゾヒストは女性に虐待されることを喜ぶけれども、その喜びは何処までも肉体的、官能的のものであつて、毫末も精神的の要素を含まない。人或は云はん、ではマゾヒストは単に心で軽蔑され、翻弄されたゞけでは快感を覚えないの乎《か》。手を以て打たれ、足を以て蹴られなければ嬉しくないの乎と。それは勿論《もちろん》さうとは限らない。しかしながら、心で軽蔑されると云つても、実のところはさう云ふ関係を仮りに拵へ、恰もそれを事実である如く空想して喜ぶのであつて、云ひ換へれば一種の芝居、狂言に過ぎない。何人と雖《いえど》も、真に尊敬に値ひする女、心から彼を軽蔑する程の高貴な女なら、全然彼を相手にする筈《はず》がないことを知つてゐるだらう。つまりマゾヒストは、実際に女の奴隷になるのでなく、さう見えるのを喜ぶのである。見える以上に、ほんたうに奴隷にされたらば、彼等は迷惑するのである。故に彼等は利己主義者であつて、たま〳〵狂言に深入りをし過ぎ、誤まつて死ぬことはあらうけれども、自ら進んで、殉教者の如く女の前に身命を投げ出すことは絶対にない。彼等の享楽する快感は、間接又は直接に官能を刺戟する結果で、精神的の何物でもない。彼等は彼等の妻や情婦を、女神の如く崇拝し、暴君の如く仰ぎ見てゐるやうであつて、その真相は彼等の特殊なる性慾に愉悦を与ふる一つの人形、一つの器具としてゐるのである。人形であり器具であるからして、飽きの来ることも当然であり、より良き人形、より良き器具に出遇《であ》つた場合には、その方を使ひたくなるであらう。

ここに語られるマゾヒストにとってパートナーが、「彼等の特殊なる性慾に愉悦を与ふる一つの人形、一つの器具」であるという認識は、『青塚氏の話』における青塚氏の人形づくり、由良子型のラブドールの制作に通じている。この両者の基底に存するヴァイニンガーの「若しも女が『自我』とは如何なる意味かと問はれたならば、彼女は疑ひもなくその肉体を考へるであらう。彼女の外面、それが女性の自我である」といった、極端な女性観とも重なるものである。

ヴァイニンガーは女の誇りは「彼女が至高善と見做《みな》すもの」、つまり「彼女の美の保存、向上、表示の中に」見出すことができ、女性に特有な「彼女自身の肉体的魅力」なのだといっている。今日においては、おおかたのフェミニストやジェンダー論者からはきつい批判がよせられることだろうが、男性が女性を見るときに意識の最深奥に隠された、いつの時代にも変わらない偏見なのだろう。

男女の性を「型」としてとらえるならば、当然こうした発想も起こり得ることである。また『痴人の愛』のナオミのモデルとなったせいと別れ、関西に移住して東京の現代女性とは異質な関西女性に囲まれて、その魅力に気づきはじめた時期である。『日本に於けるクリップン事件』の主人公のように、谷崎自身も理想とする女性像に大きな変化を生じ、その交替をもくろんだのではないだろうか。

『卍』について

一九二八年には谷崎文学を代表するようなふたつの長篇小説の筆を執りはじめた。『卍』と『蓼喰ふ虫』である。このふたつの作品も、ヴァイニンガーの影響圏内にあったと評すことができる。

『卍』は一九二八年三月から一九三〇年四月までの二年以上、途中何回かの休載を挟みながら「改造」に連載された。全篇が大阪言葉で書かれた作品として知られているが、連載の開始当初はいわゆる標準語で書き出された。それが会話部分で大阪言葉が使われだして、次第に地の文まで広がり、一九三一年に単行本で刊行されるとき、「関西婦人の紅唇より出づる上方言葉の甘美と流麗とに魅せらるること久しく」（「卍緒言」）と、全篇が大阪弁で統一された。

物語は奇妙な三人心中を行い、ひとり生き残ってしまった柿内園子という未亡人が自分の体験を「先生」なる筆者に語るというかたちで物語られる。『卍』は谷崎作品のなかで唯一レズビアンをあつかったものとしても知られる。園子は弁護士である夫の孝太郎と生理的に合わずに、船場の羅紗問屋の娘徳光光子と同性愛の関係に陥る。

光子には綿貫栄次郎という愛人がいたが、綿貫は性的不能者である。綿貫は美しい顔立ちをもち、近づいてくる女性に異様な関心をもつ。同性愛の習慣のあったくろうとの女から「一人前の男やなうても女に愛される」ことを教え込まれ、くろうと女でもいっぺん引っかかると夢中になるほどの性愛のテクニックを身につけている。

光子は精神的には綿貫に何ひとつ惹《ひ》かれるところはないが、その性愛テクニックの与える異常な性的快楽の刺戟から逃れることができない。いまでは、光子は綿貫を「恋人」としてでなく、自己の性欲を満足させるための性的道具ないし玩具として付き合っている。

夫との性的不一致に悩む園子との同性愛の関係も、ここから派生したものである。やがて光子は園子の夫孝太郎とも関係をもつようになるが、そこからは石ころが坂道をころげ落ちるように、性愛の力学に結ばれた作中人物たちは、さながらまんじ巴《ともえ》のように絡み合いながら破局へ突きすすむことになる。

「百％安全なるステッキ・ボーイ」

この奇妙な性愛劇の根底には、「『男女《おとこおんな》』やとか『女男《おんなおとこ》』やとか」いわれ、「百％安全なるステッキ・ボーイ」と綽名された綿貫の存在がある。こうした人物が造形されたについては、「男性と女性との間には無数の中間的状態——性的過渡形態が存在する」というヴァイニンガーからの影響があったことは否定できないだろう。

世には貧弱な髯《ひげ》と虚弱な筋肉の発達を有するにも拘《かかわ》らず、典型的男性たる多数の男が存在する。同様に不発達な胸部を有するにも拘らず典型的女性と見らるべき多数の女が存在する。硬い髯を有する女性的な男、或いは病的に短い頭髪を持ちながら充分に発達した胸部と広い骨盤とを有する男性的な女も存在する。

（『性と性格』）

またヴァイニンガーは「肉体に於けると同様に、精神に於いても凡《あら》ゆる種類の性的中間状態が存在する」とも指摘する。同性愛に関しても「同性性慾は単に一つの理想的な性的状態から他の状態に至る中間的な性の形式中の一性的状態に過ぎない。予の見る処に依れば、総ての現実的有機体は同性性慾を有するものである」と述べている。

『卍』は四人の作中人物がそれぞれの状況に応じて、それぞれの役割を変化させるかたちで展開する。こうした認識の裏には、あらゆる性と性格が「中間的状態――性的過渡形態」のかたちで存在するというヴァイニンガーによって提示された世界観と重なるものがあったといえる。

結末は綿貫によって新聞にスッパ抜かれたスキャンダルのために、にっちもさっちも行かなくなった光子と柿内夫婦が三人で服毒心中をはかる。かつて園子が光子をモデルに描いた楊柳《ようりゅう》観音の絵を飾り、それを「光子観音」と拝みながら、その前で三人は薬を飲む。が、園子ひとりだけが生き残り、それが偶然なのか、夫と光子に謀られたのかと思い悩むところで結ばれる。

『卍』は、いってみれば光子というひとりの女性の美しさを、すべての登場人物が支えるというような構成となっている。ちょうど『痴人の愛』のナオミが最後には「個」として奈良の仏像や藝術品のように崇高に輝いたように、光子もその名前のとおりに「個」としてひかり輝く。その意味では、この作品は『痴人の愛』の系統を強く引く、前期から後期への過渡的な作品だったといえる。

「母婦型」と「娼婦型」

それでは『卍』と同時並行的に執筆された『蓼喰ふ虫』はどうだろうか。この作品は、当時抱えていた作者自身の実生活上の夫婦間の不和というテーマを中心に描かれている。斯波要《しばかなめ》と美佐子とのあいだには、小学四年になる弘というひとり息子がいるが、夫婦は生理的に合わず、かねてから離婚を考えている。

美佐子には阿曾《あそ》という愛人がいる。毎日のように会いにゆくが、要はそれを容認している。阿曾のモデルが和田六郎という、戦後になって大坪砂男のペンネームで探偵小説を書いた人物である。そのことについては『父より娘へ　谷崎潤一郎書簡集』の「解説」の方に詳しく書いておいたので、ここでは触れない。

要の従弟《いとこ》の高夏秀夫が上海から帰国して、要のもとに滞在する。高夏はテキパキとした性格だし、離婚の経験もあるので、要は夫婦ふたりのあいだに立ってことを処してくれることを望む。が、結局、要夫婦は曖昧な態度のままになかなかことが進展しない。

要と高夏が離婚問題に触れて、美佐子について話題とするところがある。要は「あれは元来は母婦型なんだよ、母婦型の魂を娼婦型の化粧で包んでゐるんだ」と、しばらく女性を「母婦型」と「娼婦型」とに分類して、女性像について議論しつづける。

ヴァイニンガーは『性と性格』の第二部第十章を「母性と売淫」と題し、「吾等は、二つ明確な生得的な型、母婦型と娼婦型の何れか一を以て女の一般的状態に面接してはならぬ。現実はその二つの間に発見される」といっている。

母婦と娼婦を対極的な女性像ととらえたものは、ほかにもいたかもしれない。が、ヴァイニンガーは「母婦型」と「娼婦型」を「型《タイプ》」とし、性と同様に絶対的母婦も絶対的娼婦も現実には存在しないといい、あらゆる女性をその中間的な状態にあるものとしてとらえた。『蓼喰ふ虫』で話題とされる「母婦型」「娼婦型」も、こうしたヴァイニンガーの説の延長上にあることは疑いない。

「タイプ」の発見

『蓼喰ふ虫』におけるヴァイニンガーの影響はこればかりではなく、「型《タイプ》」ということにもかかわり、記憶と時間との問題も非常に大きかったと思われる。この現実世界で起こったことは、記憶されるかぎり消滅することはなく、記憶を通じて時間の制約から解放されるというものである。

記憶は経験を「永久化」し、その本質的な役割は時間を超越するところにあるという。たとえ意識しないとしても、私たちは自己にとって何らかの価値あるものだけを記憶して、価値のないものはすべて忘却する。ヴァイニンガーは「価値あるものは超時間的であ」り、「超時間的なもののみが実証的価値を持つ」という。

『蓼喰ふ虫』は美佐子の父に誘われて、夫婦が文楽の人形芝居を見に出かけるところからはじまる。そのとき舞台では『心中天網島《てんのあみじま》』が演じられていた。要はそれを見ているうちに、次第に人形浄瑠璃の古典的世界へ惹き入れられてゆき、文楽人形の小春に「日本人の伝統の中にある『永遠女性』のおもかげ」を見いだす。

『青塚氏の話』では、「『由良子』と云ふものは、昔から宇宙の『心』の中に住んでゐる」（傍点引用者）といいながら、「由良子」のラブドールの人形は空間的同時性を実証しえても、時間的な広がりを得ることはできなかった。が、『蓼喰ふ虫』においては文楽人形の小春が、「日本人の伝統の中にある『永遠女性』のおもかげ」をひとつの「記憶」として伝えるかぎり、元禄《げんろく》と昭和のあいだの時間を超えることができる。

美佐子の父には、お久という従順にかしずく人形のような妾がおり、要は「下膨れの頬を見せてゐるお久」と、「舞台の小春とを等分に眺め」て、「お久の何処やらに小春と共通なもの、ある」のを感じる。まさに時間を超えて永遠なものは、文楽の人形でもお久でもなく、両者に「共通なもの」――ひとつの「タイプ」なのである。

「永遠女性」のおもかげ

『蓼喰ふ虫』の末尾において要は、次のように自己の内面を述懐する。

思へば此の春からしきりに機会を求めては老人に接近したがつたのは、自分では意識しなかつたところの外の理由があつたのかも知れない。さういふ途方もない夢を頭の奥に人知れず包んでゐながら、それで己れを責めようとも戒《いま》しめようともしなかつたのは、多分お久と云ふものが或る特定な一人の女でなく、むしろ一つのタイプであるやうに考へられてゐたからであつた。事実要は老人に仕へてゐるお久でなくとも「お久」でさへあればいゝであらう。彼の私《ひそ》かに思ひをよせてゐる「お久」は、或はこゝにゐるお久よりも一層お久らしい「お久」でもあらう。事に依つたらさう云ふ「お久」は人形より外にはないかも知れない。彼女は文楽座の二重舞台の、瓦燈口《かとうぐち》の奥の暗い納戸にゐるのかも知れない。もしさうならば彼は人形でも満足であらう。

現実の生身のお久は刹那刹那に変化してやまず、やがては消え失《きう》せる存在である。しかし、そこから分離された「お久」は、元禄の世にも生き、昭和の現在にも生きつづけるひとつの「タイプ」である。ひとつの「タイプ」を体現し、現在に「『永遠女性』のおもかげ」を伝える「お久」は、もはや時間のなかに凍結された不動の彫像や人形でもなければ、映画という枠づけられ、限定された空間にあるのでもない。
『蓼喰ふ虫』において永遠性を求める視点を「型」に盛られた「個」の実質から、それを盛るところの「型」――「タイプ」へ転換することによって、谷崎は時間と空間を超えた永遠の世界が現在のすぐかたわらにあることを実感し得たはずである。そのとき一時的で変化してやまない事物からなる現実世界と永遠の典型からなるプラトン的イデア世界とのあいだにある根源的対立を解消し得たと思われる。

その後の谷崎は「タイプ」をとおして関西のなかに生きつづける伝統を感受することによって、有限な時空の現実にありながら、記憶された過去を生きることが可能になる。自己のうちに秘めた想像力によってそうした過去を喚起し、時間を超越する物語を創造しつづけることが、その文学的な営為となるのである。

第六章　恋愛と色情
——妻譲渡事件から『盲目物語』へ

親和力

男女の惹かれあう力ほど強く、不思議なものはない。いまから二百年ほど前にゲーテはそれを化学の術語である「親和力」という言葉によって説明しようとした。二種類の化合物が互いに作用すると、もとの結合が壊れて別の化合物をつくることがある。このとき新たに結びつこうとする物質に働く力が化学的親和力である。

エードゥアルトとシャルロッテの夫妻のもとに、エードゥアルトの友人の大尉とシャルロッテの姪のオティーリエが加わることになる。エードゥアルトはオティーリエに激しく惹かれ、シャルロッテは大尉に好意をいだく。ゲーテが長篇小説『親和力』で描いた、男女におけるこうしたいままでの結合からの離脱と新たな結合は、あたかも無機的な物質における化学反応にも類似している。

　ゲーテは、自然の力である「親和力」によって結ばれる男女の間柄に「より高き天命」（柴田翔《しょう》訳）を見ようとする。が、人間社会にあっては内なる自然のうながしのままに行動することは、人倫に背馳《はいち》することになる。親和力によって結ばれた相手への性的欲望と、人間として守らなければならない倫理のあいだにどのような折り合いをつけるのか。

　ゲーテの『親和力』は、この問題をめぐってきわめて多くの謎をはらんだ象徴的な物語として提示される。しかし思えば、一九二一年の小田原事件から一九三〇年の妻譲渡事件と呼ばれる谷崎が引きおこした男女関係のトラブルも、ある意味では「親和力」から惹起《じゃっき》された男女の人間模様だったといえないこともない。

小田原事件から妻譲渡事件へ

　千代と結婚した谷崎のもとに千代の妹のせいが引き取られ、友人の佐藤春夫が毎日のように訪ねてくるようになる。谷崎はあたかもエードゥアルトがオティーリエを激しく愛したように、千代を疎んじてせいを溺愛するようになる。一方、千代と佐藤とは互いの愛情を意識しながら、シャルロッテと大尉が情熱を抑制したように、自分たちは強く自重しながら交際する。

　谷崎はいったん千代を佐藤に譲る約束をしながら、せいが谷崎との結婚を嫌がったために、その約束を反故《ほご》にする。そして、千代との結婚生活をもう一度やり直すのだといいだしたために、佐藤は谷崎の手前勝手な言い分に憤り、絶交した。これが小田原事件の概略だが、その人物配置からその後の展開までゲーテの『親和力』そのままであることに驚かされる。

そこから妻譲渡事件に至るまでは、少々入り組んだ複雑な展開となる。やり直すことを決めた谷崎と千代であるが、やはりなかなかしっくりとゆかない。そんなところに千代が、避暑地で知り合った、『蓼喰ふ虫』の阿曾のモデルである和田六郎と恋仲となる。

谷崎はふたりの関係を許し、実験的に同棲《どうせい》したりして、千代の再婚はほぼ決まりかけていた。が、和田が八歳も年下であり、鮎子が和田のもとへ行くのを嫌がったため、ふたりの結婚話はまとまりきらなかった。谷崎の夫婦関係は以前にも増して険悪なものとならざるを得なかった。

小田原事件後、佐藤春夫は小田中タミと結婚し、一九二六年には谷崎とも和解した。佐藤が、そんな折にタミと別れて傷ついた心を癒すために、関西の谷崎のもとへ訪ねてきた。このときに谷崎の方から千代と佐藤との再婚話が再び持ちだされた。ふたりが承諾して十年越しの懸案に決着をつけることができ、谷崎は千代と離婚し、千代は佐藤と結婚する旨の三者連名の挨拶状を知友に送った。翌朝の各新聞には、これが「細君譲渡事件」としてセンセーショナルに取りあげられ、世間を大きく騒がすことになった。

千代と離婚して独り身となった谷崎は、早速に再婚相手を探すことになったが、谷崎がひそかに心で思っていた女性が何人かいた。そのひとりは谷崎家の女中をしていた宮田絹枝だが、これは千代と佐藤春夫との激しい反対にあって断念。いまひとりの偕楽園の女中は、『幼少時代』に告白されたように、谷崎が千代と別れたあとに『盲目物語』の取材をかねた北陸旅行の帰途、東京へ出て確認したが、すでに嫁にいったということだった。

そのほか萩原朔太郎《さくたろう》の妹のアイとも見合いをしているし、秦恒平《はたこうへい》『神と玩具《がんぐ》との間　昭和初年の谷崎潤一郎』（一九七七年）で言及された女医さんとも見合いをしたようだ。が、結局、再婚の相手として選ばれたのは、大阪府女子専門学校の卒業生で、二十一も年下の古川丁未子《とみこ》だった。

谷崎は、当時、谷崎家の猫を見にきた大阪府女子専門学校英文科の第一回生たちと交流をもち、そのひとりの武市遊亀子《たけいちゆきこ》が『卍』の大阪言葉への翻訳を担当していた。武市は岡山出身で、必ずしも大阪弁に習熟していなかったことと、結婚のために谷崎家に住みこむのが難しくなり、その仕事を一年後輩の江田（高木）治江へ託した。

古川丁未子は第一回生として入学したが、途中で健康を害し郷里の鳥取で静養し、二回生の江田たちと同級になった。一回生とも二回生とも交友をもち、校内では美人との評判が高かった。谷崎家に出入りしていた仲間とも親しく、丁未子も谷崎に就職の斡旋を頼んだりもしていた。当時は谷崎の紹介で文藝春秋社の「婦人サロン」の記者をしていたが、一九三一年一月に婚約し、四月に谷崎の自宅で結婚式をあげた。

根津松子との出会い

それより前の一九二七年三月一日に谷崎は根津松子と出会っている。松子は一九〇三年に、大阪では有名な藤永田《ふじながた》造船所の一族である森田安松の次女として生まれた。松子は十五歳のときに母を亡くしているが、安松には朝子、松子、重子、信子の四姉妹があった。のちに『細雪』のモデルとなる四姉妹である。

松子は、当時、船場の根津商店の御寮人《ごりょうにん》だった。根津家は徳川時代に朝鮮貿易をはじめたという船場の老舗《しにせ》の綿布問屋で、長者番付にも載るような裕福な家だった。主人の清太郎は母を早くに亡くし、婿養子だった父も家を出されて、祖母や叔父などの後見人に甘やかされて育った。店の経営はすべて番頭まかせで、いかにも船場のぼんぼんという好人物だった。

松子は文学趣味をもち、芥川龍之介のファンだった。知り合いの千福《ちふく》という「旅館兼待合のやうな家」(『当世鹿もどき』)の内儀から、芥川がきて泊まっているという知らせをうけて会いにゆくと、その場に谷崎も居あわせた。これが、昭和期の谷崎文学に決定的な影響を及ぼした松子との初対面であった。

芥川は二月二十七日、大阪中央公会堂で開催された「改造」大講演会のために佐藤春夫らと来阪。その夜は佐藤夫妻とともに谷崎邸に泊まり、あと二晩は大阪の宿に泊まった。当時、芥川と谷崎は小説の筋をめぐっての論争を展開中で、ふたりは「もうお互にくたびれる程しゃべりあつた」(「芥川君の訃を聞いて」)という。

芥川はこの年の七月二十四日に自殺した。谷崎の追悼文「いたましき人」によれば、谷崎邸に泊まった「翌々日」、つまり三月一日に「君と佐藤夫婦と私たちの夫婦五人で弁天座の人形芝居を見」たという。そのときに上演していたのが、『蓼喰ふ虫』の冒頭で主人公たちが観劇することになる『心中天網島』だった。

人形芝居の観劇後、佐藤たちはその夜に帰京したが、芥川は「どうです、今夜は僕の宿に泊まつて一と晩話して行かないですか」と、谷崎を引き止めたという。谷崎はそこで奇《く》しくも根津松子と初めて対面することになる。その翌日には松子に誘われて、ふたりはカフェ・ユニオンというダンスホールに行った。その夜、芥川は東京に帰ったが、谷崎は「その夜の感興がいつまでも心に尾を曳いてをりましたので、気分を壊す気にならず、その晩もとう〳〵千福に泊つてしまひました」(『当世鹿もどき』)という。

のちに谷崎は松子に宛てた恋文に、「一生あなた様に御仕へ申すことが出来ましたらたとひそのために身を亡ぼしてもそれか《ママ》私には無上の幸福でございます、はじめて御目にかゝりました日からぼんやりさう感じてをりましたが殊に此の四五年来はあな《ママ》様の御蔭《おかげ》にて自分の藝術の行きつまりが開けて来たやうに思ひます」（一九三二年九月二日付）と書いている（『谷崎潤一郎の恋文　松子・重子姉妹との書簡集』）。

まさに谷崎にとって松子は高貴の理想的な女性で、初対面の日から憧れつづけた、谷崎のはじめて出会った永遠女性であった。

「心におもふ人」

谷崎は「岡本にて」（一九二九年）で、一九二七年に鞆《とも》の浦《うら》に泊まった折、宿の女将《おかみ》に揮毫《きごう》を所望されて、長く詠んだこともなかった歌を作るようになったといっている。決定版『谷崎潤一郎全集』（新全集）第二十五巻には「ありのすさひ」「松廼舎集《まつのやしゆう》」「歌集（初昔　きのふけふ）」の三つの歌稿が収められている。「ありのすさひ」の冒頭は次の一首である。

昭和丁卯のとし七月大坂《ママ》毎日新聞日本新八景審査員として備後国鞆之浦に遊びけるに、対山館といふにやとりけるに、女あるじ所懐をもとめけれは詠み侍りける

夏の夜の鞆のとまりの浪枕よすから人を夢にみし哉

「昭和丁卯」とは一九二七年である。『倚松庵《いしようあん》の夢』（一九六七年）で松子は、「昭和七年の夏

であったか、旅行先の鞆の津から便りがあって、終りに左の歌が書かれていた」といい、この一首を引いている。が、一九三二（昭和七）年にはそうした書簡は残されていない。それは一九二七（昭和二）年のことだったと思われるが、残念なことに一九二七年の松子宛谷崎書簡は見つかっておらず、確認することができない。のちにこれまで詠んだ歌を整理した「松廼舎集」では、この歌はこんな風に書き換えられた。

心におもふ人ありける頃鞆の津対山館に宿りて
いにしへの鞆のとまりの波まくら夜すから人を夢に見しかな

一九二七年の時点で谷崎が「心におもふ人」というのは、この年の三月一日に出会った根津松子をおいてほかには考えられない。

鞆の浦で谷崎が歌を詠みはじめたということは、いくら宿の女将に所望されたからといっても、それに応えるだけの内的な用意がなければならなかったはずである。このとき意識の底知れぬ深淵《しんえん》から湧きあがってくる感情に動かされたのだろう。夜もすがら「心におもふ人」の夢をみたという感情の高まりが、歌の表現を可能にしたのだと思われる。

「高嶺《たかね》の花」

松子の夫の根津清太郎は、北野恒富《つねとみ》、小出楢重《こいでならしげ》らのパトロンとなり、何かと藝術家に取りまかれることが好きだった。小出楢重は『蓼喰ふ虫』の新聞連載（一九二八〜一九二九年）の挿絵を担当し、傑作と讃えられた。また北野恒富は『乱菊物語』（一九三〇年）の挿絵を担当したばかりか、松子をモデルに描いたお茶々の絵を『盲目物語』の口絵に用いている。そんなところから松子との交際も、出会って間もなく家族ぐるみの親密な付き合いとなった。

谷崎は千代と佐藤との話し合いがまとまり、三者連名の挨拶状を発送する数日前、この件の報告のために松子のもとを訪ねている。八月十六日夜付の松子宛谷崎書簡には、「美人の女中を見つけてやると仰《お》つしやつて下さいましたが、どうぞ家を持ちましたらばよろしく御願ひいたします。女中ばかりでなく御嫁さんも御心がけ願ひます。但し身分の上の人は困ります。教育がなくてもかまひませんから関西風のおつとりとしたやさしい人で処女を望みます」と記している（『谷崎潤一郎の恋文』）。

千代と離婚したとき、谷崎は再婚相手に松子を考えなかったのだろうか。高木治江『谷崎家の思い出』（一九七七年）の巻末に掲げられた山下（隅野）滋子の「思い出の人々」には、千代と別れたあとは必ず松子と結ばれるものと考えていたとある。彼女のまわりではそう思っていた人も多かったようである。

それが古川丁未子と再婚するということで、周囲では驚きをもって受けとめられた。どう考えても無理な結婚で、年もキャリアも違いすぎて、誰しも永つづきしないと考えたという。が、江田（高木）治江だけがこの結婚を積極的に支持した。

どれほど心が通じ、親しく付き合っていたとしても、千代と別れた一九三〇年の時点では、松子との再婚は客観的にはとても考えられなかったろう。松子は人妻であり、前年秋に起こった世界恐慌のあおりをうけて経営が傾きかけていたとはいえ、船場の老舗の大問屋の御寮人だった。谷崎がどんなに望んだとしても、「手前から見ればその『奥さん』は高嶺の花」（『当世鹿もどき』）だったのである。

草稿「恋愛と色情」

「心におもふ人」のイメージをいだきつづけながら、再婚相手を探す谷崎の心情はどのようなものだったろうか。丁未子と再婚後に最初に発表したのは、「恋愛及び色情」というエッセイである。すぐそのあとには『盲目物語』も発表している。それらから当時の谷崎の心情をさぐってみよう。

「恋愛及び色情」は、「婦人公論」の一九三一年四月号から六月号まで三回にわたって連載されたが、連載にあたっての断り書きに「かねてから島《ママ》中社長に対し『恋愛論』を寄せると云ふ約束がしてあつた」という。実は、谷崎は一年ほど前にその原稿を書きかけて、ちょうど妻譲渡事件の騒ぎに巻き込まれて、続稿が書けないままになっていた。

その原稿はかつて橘《たちばな》弘一郎『谷崎潤一郎先生著書総目録』第三巻附記に紹介されたことがある。その折に八枚目の原稿の写真が掲載されたが、現在、この鉛筆書きで十一枚の草稿は早稲田大学図書館の所蔵となっている（巻末にその全文を翻刻し掲載した）。

その一枚目を確認すると、タイトルが「恋愛と色情」となっており、右肩の欄外に「中央公論七月号本欄の卅三」とペン書きされ、その横に「本文9ポ段ヌキ十八行」と指示が記されている。そして右下の欄外には「至急」の印がおされているが、谷崎潤一郎の署名の下欄にペン書きで別枠取りされて「8行分」と書きこまれている。

一九三〇年五月八日付の中央公論社社長の嶋中雄作へ宛てた谷崎の書簡には、「御言葉に従ひいよ〳〵『恋愛論』を書く事にしましたがこんなものは始めてなので書きにくく、今又書き直しを始めました（中略）来月に廻して下さいませんか」とある。また翌月六月十日付には「まことに済みませんがどうしても今月は此れだけしか書けませんでした、（中略）来月はせめて十五枚か二十枚はあげますから、今月のはあまり短い故、なるべくならば来月一緒に出して下さることを頼みます」と記している（『増補改訂版　谷崎先生の書簡　ある出版社社長への手紙を読む』)。

したがって、これが一九三〇年七月号の「中央公論」のために書かれた原稿だということが分かる。そして、谷崎の希望もあって、もう少し書き足して翌八月号にまわされる予定であったが、その間に妻譲渡事件が起こって、続稿が書けずにそのまま宙に浮いてしまった原稿だったということも分かる。

女性崇拝の精神

谷崎は一年後に同じテーマを、あらためて「恋愛及び色情」という題で書き直す。読み比べると、「恋愛及び色情」は草稿「恋愛と色情」の内容をそのまま踏襲しながら、それをもっと膨らませ、丁寧な書き方がなされている。このふたつの原稿には、当時の谷崎の恋愛観や女性観がストレートに表現されており、きわめて興味深い。

草稿「恋愛と色情」は、「むかし、刑部卿《ぎようぶきよう》敦兼《あつかね》と云ふ公卿は世にも稀《まれ》な醜男であつた」と書き出され、「恋愛及び色情」にも記された『古今著聞集』のなかの刑部卿敦兼のエピソードを紹介するところからはじめている。敦兼のエピソードを紹介しながら、「女性と云ふ観念の中に何か自分以上の崇高なもの、優越なものを感ずる心持ち」が平安朝の文学には見出すことができるとされる。

しかし、武士階級が勃興するとそれがなくなってしまう。日本では西洋の騎士道のように、「女性を崇拝すること」を勇士の面目であるとは考えず、惰弱に流れることと解した。同様の指摘は、のちの「恋愛及び色情」においてもなされる。

が、「恋愛及び色情」ではカットされてしまうが、草稿にはもうひとつの原因として「鎌倉期に始まつた新仏教が、日本人の心から偶像を奪ひ去つてしまつたこと」があげられている。

ここで思い起こされるエピソードがある。この文章を書いているときに谷崎は、平安朝初期の弘仁時代の聖《しよう》観音を所有していた。奈良の骨董店《こつとうてん》へ志賀直哉《しがなおや》とおもむき、三千円で購入したものだが、離婚騒動のときにこれを志賀直哉に譲っている。現在は早稲田大学会津八一記念博物館に富岡重憲《しげのり》コレクションとして所蔵されている。光背《こうはい》を背負った一メートルほどの木彫の聖観音であるが、腰まわりが何やらふっくらとして、そのやさしい顔立ちから、女性的なまめかしい雰囲気をかもしだしている。

谷崎は、和辻哲郎の『偶像再興』(一九一八年)の影響もうけてか、鎌倉期の新仏教以前の仏像に聖なる偶像を見出そうとしていたようである。それは女性崇拝の精神にも通ずる、日本の文化の古層に隠された数少ない聖性の名残と考えられたのであろう。

『法然上人恵月影《めぐみのつきかげ》』のこと

「鎌倉期に始まつた新仏教が、日本人の心から偶像を奪ひ去つてしまつたこと」に関連して、いまひとつ思い起こされるのが、第一部第四章で触れた『二人の稚児』と仏典の研究のことである。

一九二六年十一月に谷崎は文楽座で『法然上人恵月影』という新作物の人形浄瑠璃を観《み》ている。『饒舌録』によれば、「頭から性に合はないと極めて懸つてゐた」文楽を、そのとき「ふとした好奇心から」のぞいてみたという。それをきっかけに文楽の人形芝居へ関心を寄せはじめることになった。

文楽座はこの十一月に火事で焼けてしまって、それ以後、文楽の人形芝居は弁天座で仮興行されることになる。谷崎は毎月欠かさずに弁天座へ出かけるようになるが、谷崎を人形芝居へと振り向かせた「ふとした好奇心」とは何だったのだろうか。

一九二〇年の「或る時の日記」には『法然上人行状画図』への言及があり、谷崎はこれを座右において、ときおり目をとおしていた。『蓼喰ふ虫』にうかがわれるように、谷崎文学への文楽の影響には大変に大きなものがあったが、それももともとは法然上人への関心から派生したもののようだ。

「法然上人恵月影」が面白かつたのは、新作だけにサラサラとしてゐて、いつものアクドイ不自然な場面や組み立てが少く、上人の一代記をあつさりと述べてゐたからであつた。それに原作者は上人の故郷たる美作《みまさか》の国の坊さんださうで、なまじ新しい文士でないだけに気障《きざ》な近代的解釈がなく、古い浄土教の思想と情操とを、たゞ有りのまゝに素直に唄《うた》つてゐるのもよかつた。（中略）宗教と文学とが未だ分離しない以前の、云はゞ原始的の説経節でも聴くやうな気持であれを聴くことが出来たのである。（中略）宗教文学としての浄瑠璃の持つ魅力は、到底一時流行した親鸞物の戯曲や小説などの俄《にわ》かに及ぶところではないのを沁《し》み〴〵と感じた。

（『饒舌録』）

『法然上人恵月影』の作者は、法然上人ゆかりの岡山県久米郡誕生寺の住職だった漆間《うるま》（井上）徳定《とくじょう》である。この作者については谷崎も関心をもちつづけたようで、新全集の第二十五巻にはじめて収録された創作ノート「松の木影」にも言及がある。谷崎は法然上人のような聖者に生きた俳優が扮《ふん》すると、どんな名優がやっても「生臭坊主らしくつて、うそツぱちになる」が、人形だとその心配がないという。たしかに生身の俳優が演じては現世的な人間存在の限界を超えることができないが、人形にあってはその境界を超え、抽象的な存在様態を極限まで表現することが可能となる。

『顕現』について

『法然上人恵月影』を観た後、翌年一月から『顕現』の連載が「婦人公論」ではじまる。『顕現』はテーマも構成も『二人の稚児』とよく似ており、その長篇化を試みたような作品である。「ふとした好奇心から」『法然上人恵月影』をのぞいたというが、その「好奇心」が、当時、構想中だった『顕現』と関連したものだったことは間違いない。

谷崎は『顕現』を、ひところ流行《はや》った「気障な近代的解釈」によって書かれた「親鸞物」とは違ったものに仕上げようとしていた。いわば現世的な価値を超脱した聖性と、高邁な女性崇拝の精神とを折り合わせようと試みたのだ。素朴なかたちで宗教と文学とを融合させた『法然上人恵月影』からは、よほど大きなヒントを得たようである。

が、谷崎は見事に失敗し、一年後には『顕現』を未完のままに放りだしてしまった。この時期の谷崎には、いまだ現世的な性的欲望を宗教的な聖性をもっていかに超克するかという方法が分からなかったのだろう。「恋愛」と「色情」をどのように識別すればいいのか、明確な解答も得ていなかったのだろう。

草稿「恋愛と色情」の末尾には、そのような混乱がそのままあらわれているようだ。「恋愛及び色情」では削除されて、こうした表現は残っていないが、なかば自棄《やけ》っぱちのように草稿「恋愛と色情」の末尾には次のように記されている。

が、原因はどうであるにしろ、武門政治以後の男尊女卑の気風は、いかに日本の文学と、それが反映する一般社会とを、寂寞にし、低調にしたことであらう。早い話が、日本の男子の恋愛は何処迄もあの卑しい「スケベイ」と云ふ言葉に尽きる。さう云ふ下品な根性の中からは決してあの「神曲」の如き「ファウスト」の如き高邁な文学の生れる筈がない。西鶴がどうの、近松がどうのと云ふけれども、結局は調子の低い、スケベイな町人文学の範囲を出でない。

私は実に久しい間、かう思つて過去の日本文学に云ひやうのない淋《さび》しさと絶望とを感じつつあつた。さうして此の事は、苟《いやし》くも日本人と生れて文藝の道に携はつてゐる私としては、可なり重大な問題であつた。

この時期の谷崎のウソいつわりのない正直な感想でもあったろう。

『ノーヴェル・ノーツ』のこと

千代との離婚と丁未子との再婚を経て、草稿「恋愛と色情」の一年後に執筆された「恋愛及び色情」は、次のように書き出される。

もう余程前に死んだ英国の滑稽作家にジエローム・ケー・ジエロームと云ふ人がある。此の人の書いた「ノーヴエル・ノーツ」と題する本の中に、小説なんて要するに下らないもんだ、昔から世に著はれた小説は浜の真砂の数よりも多く、何千何百何十万冊あるか知れぬが、どれを読んだつて筋は極まり切つてゐる。煎じ詰めれば「先づ或る所に一人の男がありました、さうして彼を愛してゐた一人の女がありました」——"Once upon a time, there lives a man and a woman who loved him."——と、結局それだけのことぢやないかと云つてゐる。

ジェローム・K・ジェロームの *Novel Notes*（一八九三年）は、語り手が若いときに三人の友人と協力して独創的な共同製作の小説をつくろうとした体験を語り出した長篇小説である。結局、その小説は書かれることがなかったが、語り手の机の抽出から"NOVEL NOTES"と題された古いノートが出てきて、それをめぐって当時のことが回想される。

そして、その末尾で友人のひとりがこんなことをいって終わる。僕らは机に向かって、考えに考え、書きに書きまくるが、物語はいつも同一だ。われわれ人間は、何年も何年も長いあいだ、ひとつの物語を語り、それに耳を傾けてきた。今日でもそれを語っており、これから千年後もそれを語り合っているだろう。その物語とは、"Once upon a time there lived a man and

a woman who loved him.〟というものだ。
谷崎はこの警句がよほど気に入ったのか、一九一二年八月十二日付の沢田卓爾《たくじ》宛書簡にも、「種　A Dialogue」（一九一七年）にも引用している。「伊豆山放談」（一九六〇年）によれば、一高時代に畔柳芥舟《くろやなぎかいしゅう》から同じ著者の *Three Men in a Boat*（ボートの三人男）を教えてもらったというから、そのときに *Novel Notes* にも関心をいだき、目をとおしたのだろう。谷崎の小説観によほど深く影響を及ぼしたようである。

ラフカディオ・ハーンの小説観

次に佐藤春夫から聞いたとして、ラフカディオ・ハーンがある講義録で「小説と云ふものは昔から男女の恋愛関係ばかりを扱つてゐるので、自然一般が恋愛でなければ文学の題材にならないやうに考へる癖がついてしまつたが、しかしそんな筈があるべきではない。恋愛でなく、人事でなくとも、随分小説の題材になり得るのであつて、文学の領域と云ふものは元来もつと広い」ということを指摘しているといっている。

ラフカディオ・ハーンは一八九六年から一九〇三年まで約七年間、東大で英文学の講義を行った。当時の学生たちの筆記ノートが残されていて、それらをもとにコロンビア大学の英文学教授ジョン・アースキンがハーンの講義録を刊行していった。

ここで話題となったのは、『人生と文学』(一九一七年)のなかの"The Prose of Small Things"と題された一章である。ヨーロッパでは何百年も恋愛をテーマに文学が書きつづけられているように見えるが、そんなことはない。文学のテーマというのはファッションのようなもので、文学のテーマも流行によって変わるものである。

ハーンは『東の国から』の「永遠の女性」に、熊本の五高で教えていたとき、学生からこんな質問をうけたと書いている。「先生、イギリスの小説には、なぜ恋愛だの、結婚のことが、あんなにたくさん出てくるのですか。(中略)どうも、わたしたちには、それが、ひじょうに、ふしぎに思われるのですがね」(平井呈一訳)。

ハーンはイギリスと日本の社会における女性の位置づけの相違を語るところから、この問題について説明している。おそらく東大でのこの講義にも、五高の学生からの質問が反映されていたものと思われる。私たちにとって常識とみなされることも、異文化に触れることによって、それまで気づかなかったような側面を見せるものである。

西洋文学にはじめて触れた谷崎も、同様だったのではないだろうか。西洋文学を読みだす以前の谷崎は、聖賢の道をめざす稲葉先生の薫陶の延長上にある書物に触れる機会が多かったはずである。ちょうど思春期にさしかかった頃、西洋の小説を読みだし、谷崎は五高の学生とはまったく正反対の反応を示すことになったのではないだろうか。

恋愛と性欲の解放

谷崎はハーンの意見に同意しながらも、西洋文学が私たちに及ぼした影響のもっとも大きなものは、「『恋愛の解放』、——もつと突つ込んで云へば『性慾の解放』——にあつたと思ふ」(「恋愛及び色情」)といっている。谷崎は間違いなくこの影響をもろにうけ、その文学の中心テーマを「恋愛」と「性慾」に限定したのだった。

それにしても今日、「色情」といった言葉はめったに使われない。もはや死語といってもいい。「恋愛」と「性慾」といったとき、「色情」は性欲にかかわる語として使用されるものである。草稿「恋愛と色情」に用いられた言葉を使用するならば、「何処迄もあの卑しい『スケベイ』と云ふ言葉」と同じだろう。

ハーンは「永遠の女性」において、この極東には西洋の女性崇拝——いわゆる「永遠の女性」の理想は存在しないといっている。日本語には名詞に性《ジエンダー》がなく、形容詞に比較級がなく、動詞には人称《パースン》がなく、擬人法というものがない。同じ「自然」を見るにしても、西洋人は東洋人が見るように「自然」を見ていないという。

西洋人は「自然」を女性化し、私たちを喜ばすものは、すべて空想によって女性化してとらえられたものばかりである。すべての神秘的なもの、崇高なもの、神聖なものが、「女性の魅力というあの永遠の謎」として西洋人の心象に訴えるのだという。

それに対して日本の藝術はなんら性的特質を呈示することがない。擬人法的に眺めることができない。男性でも女性でもなく、何性と名づけられないものが、日本人には深く愛され、理解されている。幾千年ものあいだ、西洋人が「自然」のなかに見残してきたもので、かえって「生命の諸相と形態美」がそこにあることを教えられるといっている。

こうしたハーンの東西の女性観に関する議論は、どこまで的を射ているのか。少なくとも日本文学に女性崇拝の精神が欠落しているということでは谷崎の認識と一致している。「恋愛」と「色情」を止揚させながら、これまでの日本文学には存しない「永遠女性」の理想をいかに構築してゆくか、ということが関西移住後の谷崎文学の課題となる。

それは文学的課題だったばかりではなく、若く近代的な美貌のインテリ女性との結婚生活を、いかに構築するかという現実の問題にもかかわることだった。

谷崎の結婚観

谷崎がはじめに再婚相手として考えた宮田絹枝にしても偕楽園の女中にしても精神的な意味での恋愛対象というより、特殊な谷崎の性的欲望にかかわる対象だったと思われる。一九二九年十一月号の「相聞」に谷崎は「春、夏、秋」と題して短歌を十首掲載しているが、そのなかにこんな一首がある。

たをやめに〇〇〇〇〇〇〇〇昼下り庭を見をれば啼《な》くほととぎす

この歌の〇〇〇の箇所を伏字に処した「相聞」の主宰者吉井勇は、『相聞居随筆』（一九四二年）で「奇矯といへば奇矯、痛快といへば甚だ痛快な歌」であり、「吾妹子《わぎもこ》先生と呼ばれた平賀元義《もとよし》にも、これと同じやうなことを詠んだ歌があるといふことを、伝へるだけに留めて置かう」と評している。

新全集の第二十五巻の「ありのすさひ」によって伏字が埋められるが、それは「まらいらはせて」という語句である。ちなみに平賀元義（一八〇〇～一八六六年、幕末の国学者）の同じようなことを詠んだ歌というのは、「五番町石橋のうへに我が麻羅《まら》を手草《たぐさ》にとりし吾妹子あはれ」というものである。

おそらくこの「たをやめ」こそ宮田絹枝だったろう。宮田絹枝に関しては、末弟の谷崎終平が「ある日、二階の板敷の間に、兄、嫂《あによめ》、私と〝絹や〟と呼ばれていた女中さんが集まっていた。何でこの四人が揃っていたのか今は忘れてしまったが、ふとお絹が、『私は旦那様が一番大好き！』といった。（中略）その時〝旦那様〟の兄が本当に真赤な顔をしたのには驚いた。

四十四、五にもなる中年男子があんなに赤面したのを私は他に見たことがない」と回想している（『懐しき人々　兄潤一郎とその周辺』）。

また後日、当時、同居していた「石川のお婆《ばあ》さん」（千代の伯母で、千代は彼女の養女となっていた）が、終平に「お絹が近いうちに旦那様と結婚するのだと触れ廻っている」ということを告げた。すると、終平はそれを自分の口から嫂である千代に話してしまったという。それを聞いた谷崎は告げ口をしたと非常に怒り、そのために終平は一週間ほど家出をしたということがあった。

終平はこの事件をうけて、「兄は不思議な人だと思う。お絹のような教養のない女を家に入れてうまく行くと思うのが理解出来なかった」といっている。当時においてはもっともな見方であり、誰が見てもそう考えたに違いなかっただろう。

特異な性的嗜好

谷崎には『蘿洞《らどう》先生』（一九二五年）、『続蘿洞先生』（一九二八年）といった作品がある。郊外の閑静な住宅に住むマゾヒストたる蘿洞先生は、年若い女中に鞭打《むちう》たれることを無上の喜びとしている。また浅草公園の劇場で奇術に出ていた、梅毒か何かで鼻ふがとなり、足の指も失っている美人の俳優を妻として家に迎え入れる。

これらのヒロインのモデルが宮田絹枝かどうかは分からない。が、谷崎には蘿洞先生にも通ずるような特異な性的嗜好があったことも疑いない。千代夫人との結婚生活が生理的に満たされなかったこともあって、結婚相手に谷崎は自己の特殊な性欲に満足を与えてくれるような女性を希求したとしても不思議ではない。結婚相手として恋愛の対象よりも、むしろ色情の処理にかかわる女性を優先していたのかもしれない。

それでは谷崎において恋愛の対象たる女性はどのような位置に置かれていたのであろうか。次の一文は、それについて考えるヒントを与えてくれる。

人は源氏物語以下昔の小説に現れる婦人の性格がどれもこれも同じやうで、個性が描かれてゐないことを攻撃するけれども、古への男は婦人の個性に恋したのでもなく、或る特定の女の容貌美、肉体美に惹きつけられたのでもない。彼等に取つては、月が常に同じ月である如く、「女」も永遠に唯一人の「女」だつたであらう。（「恋愛及び色情」）

谷崎における「永遠女性」は、あくまでも闇に溶け込むように存在する、ひとつの「型《タイプ》」としてのイメージである。それは谷崎自身の頭のなかにしか存在しないのかもしれないが、その「型」からは次から次へとさまざまな女人像が鋳造されてゆく。そして、当時の谷崎の頭のなかにあった「型」の原型が根津松子だったことは間違いない。

『吉野葛』

千代との離婚によって独り身となった谷崎は、『吉野葛』（一九三一年）を執筆している。谷崎はこれを四、五年前から「葛の葉」と題して何度も書き直しながら、なかなか完成させることができなかった。『吉野葛』では、吉野を舞台に歴史小説を書きたいと企図する語り手「私」が、吉野行に誘う友人の津村の求婚譚を取り次ぐというかたちで見事に結晶化させることができた。

津村は早くに父母を亡くして親の顔を知らない。津村にとって過去に母であった人も、将来妻となる人も等しく「未知の女性」である。津村は自分が夢みる幻の女性は「母であると同時に妻でもあ」る「永久に若く美しい女」だという。まさに津村は「永遠に唯一人の『女』」を「未知の女性」として憧れつづけたわけである。

津村の今度の吉野行は、写真で見る母の面影にどこか似ている、母の故郷である吉野に育ったお和佐《わさ》という田舎娘を娶《めと》るためだった。津村はお和佐について「女中タイプなのは仕方がないが、研《みが》きやうに依つたらもつと母らしくなるかも知れない」という。

これは再婚するにあたっての谷崎の本音でもあったろう。宮田絹枝にしても偕楽園の女中にしても「研きやうに依つ」て、谷崎は自己の理想の女性像へ近づけることができると判断していたと思われる。それは古川丁未子にしても同様だったろう。

『盲目物語』

谷崎は丁未子と結婚して間もない、五月下旬から四ヶ月ほど高野山に籠もって、『盲目物語』（一九三一年）を完成させた。これは織田信長の妹で、はじめ浅井長政の妻となり、その滅亡後に柴田勝家の妻となって越前北の庄に果てたお市の方の数奇な生涯と、そのお市の方に対する秀吉の執着を弥市という盲目の遊藝人の視点をとおして描いたものである。

いかにも盲人が語り出す過去の思い出話ということを印象づけるかのように、平仮名を多用するかたちで書かれている。平仮名ばかりで読みにくいところには漢字のルビさえ振られている。平仮名ばかりの文章は、そのひとつひとつの文字を音に変換しなければ、意味をとることができない。いわば視覚的な文字から聴覚的な音声をたちあげることがもくろまれている。

また平仮名ばかりで、しかも句読点が少ない文章は、文節の切れ目がどこにあるのかさえとても分かりづらい。私ははじめて読んだとき、ところどころ本文を指でおさえて、それをなぞりながら読み進めていった記憶がある。白い紙に印刷された平仮名（漢字に比べればよほど女性的な円《まる》みを帯びている）を指でなぞりながら読むのは、女性の白い肌をなぞるようなエロティックで触覚的な感覚すら喚起する。

川端康成は「中央公論」一九三二年十月号の「文藝時評」で、これを「一種の文体が物語る物語」と評した。まさに『盲目物語』は、読むものが自己の五官をフル動員しなければならないような文体によって物語られる。それは盲人のほの暗い視野に、谷崎のいうところの「永遠に唯一人の『女』」を喚起させるための文体の創出でもあった。

根津松子宛書簡に「実は去年の『盲目物語』なども始終あなた様の事を念頭に置き自分は盲目の按摩《あんま》のつもりで書きました」（一九三二年九月二日付）とある。弥市のお市の方への思慕の背景には谷崎の根津松子への秘められた思いが重ねられていた。が、また『盲目物語』は弥市のお市の方への思慕の物語であると同時に、秀吉のお市の方へのかなわぬ恋の形代《かたしろ》に、母お市の方に生き写しの茶々を娶る物語でもある。

北の庄落城の際に茶々を救いだしたのは弥市である。背中に茶々を背負ったとき、「せなかのうへにぐつたりともたれていらつしやるおちや〳〵どのゝ、おんゐしき《臀》へ両手をまはしてしつかりとお抱き申しあげました刹那、そのおからだのなまめかしいぐあひがお若いころのおくがたにあまりにも似ていらつしやいますので、なんともふしぎななつかしいこゝちがいたしたのでござります」という。

視覚を失った弥市は「揉《も》みれうぢ」による触覚をとおしてお市の方のすばらしさを認識しつ

づけてきた。その娘のお茶々の「ゐしき」へ手が触れたとき、かつての若き日のお市の方の感触が生き生きとよみがえる。弥市はお市の方とお茶々というふたりの女性の彼方に「永遠に唯一人の『女』」を見たわけで、お茶々に仕えることができたならば、お市の方のお側にいるのも同じだと語る。

その後、弥市はお茶々に仕えることはかなわなかった。弥市に代わって、その願望を実現させるのが秀吉である。秀吉もお市の方を慕いつづけたが、秀吉のお市の方への思いは達せられることがなかった。秀吉はその娘のお茶々を娶ることになるが、秀吉にとってお茶々がお市の方の形代だったことは、盲人の鋭敏な触覚によって担保されることになる。

『盲目物語』をこのように読んでみれば、根津松子を慕いながら、古川丁未子と結婚した谷崎の心的経緯もおのずから明らかになってこよう。まぎれもなくお市の方は根津松子であり、古川丁未子はその形代の、秀吉にとってのお茶々だった。

丁未子がそのことを理解し、その役どころを演ずることができたならば、ふたりは幸せな結婚生活を送ることができたかもしれない。が、丁未子はそれを演じきるには、あまりにもプライドの高い、近代的なインテリ女性であった。

第七章　〈松の木影〉の下
──『春琴抄』の到達

天気予報と人生

この人生が予測のつかないことは、天気予報に似ている。同じ物理的な現象であるにもかかわらず、日蝕《にっしょく》だの月蝕だのは何百年も先の将来の予測が可能であるが、その日の天候を予測することは、どのようなスーパーコンピュータをもってしても絶対に不可能である。

宇宙空間は真空であって、天体の動きもニュートンの万有引力の法則によってパーフェクトに計算することができる。もちろん、ポアンカレの三体問題（三つの天体が相互に万有引力で作用すると、決して解を求めることができないような複雑な運動、カオスが生じるということ）が残されるが、地上は大気に覆われており、空気抵抗やさまざまな摩擦などのフィードバック現象が起こり、偶然に左右されていることが多い。

したがって、計算式はきわめて複雑になり、ひとつの解を導きだすことは不可能で、その解答はあくまで統計的、確率的なものとならざるを得ない。

丁未子との新婚生活

谷崎も丁未子との再婚にはさまざまなファクターを考慮して、考えに考え抜き、それを決めたはずである。が、そうだったとしても日常生活には、天候と同じように想定外の予測もつかない事態が起こるものである。

谷崎は一九二八年に贅をこらし、「陰翳礼讃」にも言及された理想どおりの邸宅を阪急沿線の岡本梅ノ谷に建築した。その費用は円本《えんぽん》ブームによって多くの作家をうるおした円本（一冊一円の廉価で販売された全集）の印税と、一九三〇年四月から改造社より刊行された『谷崎潤一郎全集』全十二巻の印税の前借りであった。が、円本ブームで多額の図書費を消費してしまった読者たちに、個人全集を購入するほどの余裕はなく、全集は前借りした分の一、二割しか売れなかった。残金は改造社への借金として残り、その後、『潤一郎訳源氏物語』が大ベストセラーになって返済するまで、谷崎は十年にわたって経済的に苦しめられることになる。

結婚式をあげた直後に自宅を売りに出し、ふたりは高野山に籠もって自炊生活を営むことになった。これから貧乏生活に堪えねばならぬことは、あらかじめ丁未子にも話してあり、そのうえでの結婚の承諾だったが、女学校に入学すると同時に親もとを離れた丁未子は、バタートーストと外食ばかりで過ごしてきて、御飯の炊き方も知らなかった。婚約時には、料理などは女中にさせればよく、君は僕の側にいてくれるだけでいいといっていたが、この時期には女中を置くだけの経済的余裕さえなくしていた。美食家の谷崎としては芯のある生煮えの御飯やびちゃびちゃ御飯ばかり食べさせられては堪《たま》ったものではない。

そんな新婚生活を目撃して、江田（高木）治江は「今にして先生は千代夫人の行き届いた妻の所作が思い出されて、神にも玩具にも娼婦にもなりきれず、なまじ良妻たらんとあせっている丁未子さんに、失望しているのではなかろうか」と心配したという（『谷崎家の思い出』）。

夫婦間の性的和合

夫婦間の性的和合という点に関しても問題がなかったわけではない。「佐藤春夫に与へて過去半生を語る書」（一九三一年）には、「僕は丁未子との結婚に依つて、始めてほんたうの夫婦生活といふものを知つた。精神的にも肉体的にも合致した夫婦と云ふものの有り難味が、四十六歳の今日になつて漸く僕に分つた」という。が、当時の「中央公論」編集長の雨宮庸蔵《あめみやようぞう》の日記を翻刻した雨宮広和編『父庸蔵の語り草』には、丁未子と離婚して松子と再々婚し、『源氏物語』の現代語訳に没頭していた時期の一九三六年四月十六日の項に次のように記している。

兵庫県打出《うちで》に住まはれてをる谷崎潤一郎氏から、上京するといふ葉書を昨日受取ったと思ったら今日はもう訪問を受けた。源氏物語口語訳の件についての打合せや金策の交渉である。事務的の用事が済んだら早速婦人の話、丁未子はものはとてもいいんだが外の点が物足りないからねえ、とか、千代子なんて・・・・どうして女房にしてゐたか今から考へると分らないくらゐだよ、おっとこれはここだけここだけ・・に話しては困るよアハ・・といった按配。

この日の記述には、別の日の話として、あからさまにこんなことを記した箇所もある。「佐藤春夫に与へて過去半生を語る書」に丁未子さんと結婚されてから肉体的にも非常に幸福になられたと書いておられるが、一体どんな状態だったのですかと問いかけると、谷崎は「一寸はにかみながら唾をゴクリと呑《の》みこみ、『さうですね、一日に四回、一ヵ月続きましたよ、あの頃は夜仕事をして昼寝たものでした』『そんな具合でしたらお仕事など出来なくはなかったぢゃないですか』『ええ、できませんでした』『それから後はどうなりました？別状なかったですか』『別状はありませんでした、それから以後は一日に一回づつ一年近く続けました。がそれからはパタリと駄目になって仕舞ひましたねえ』」。

「丁未子はものはとてもいいんだが外の点が物足りないからねえ」という「物足り」なさとは、どのようなものだったのだろうか。当時、裏表なくすべてを語り合える仲だった近所に住む友人の妹尾《せのお》健太郎に宛てた一九三一年六月十三日付の書簡には、「丁未子はアンプロムプチユはきらひのよしにてペエジエントの要求に応じてくれません、室内にても白昼はいやがります是にハ困り升」とある。

「アンプロムプチユ」とはフランス語の impromptu で、即座に、準備なしに、といった意味であり、名詞としては即興詩、即興曲をいう。また「ペエジエント」は pageant で、野外劇のことである。屋外での即興的なセックスに応じてくれず、室内でも白昼は嫌がるなど、谷崎の性的嗜好とは大きく隔たった丁未子に対して苛立《いらだ》ち、困惑を隠しきれずにいる。

丁未子観音

中河与一の『探美の夜』（一九五七～一九五九年）は、谷崎を主人公としたモデル小説である。その前半には今日からすればあやまった記述も多く見られるが、谷崎生前の早い時期に周囲に実に丹念に取材して書かれたようで、関西移住以後の記述には示唆に富むところが多い。

丁未子（作中では登志子）との夫婦関係が険悪化し、神経衰弱となった丁未子が、一時的に妹尾家で養生させてもらった折、丁未子が夙川《しゆくがわ》の根津家別荘にいた頃のことを思い出す場面がある。妹尾家にふたりで遊びにいった帰りに山の方へ散歩し、ひとつの古い辻堂《つじどう》の前にさしかかると、谷崎（作中では谷口潤一郎）は丁未子にそのなかに入って観音菩薩のように合掌して欲しいと頼む。丁未子にポーズをつけ、気に入った姿ができあがると、サッと身をひるがえして飛びさがり、真剣な表情で手を合わせて平伏する。

登志子の放つ清潔な雰囲気と白い顔と合掌した手が薄暮のみ堂の中で神々しかった。

彼はそこにまします登志子観音に向って自分も両手を合せると、口の中で経文を唱え、幾度となく礼拝した。

やがて彼の眼から涙が流れだした。と思うとよだれが口のはしからダラダラと流れだし、それが涙や洟水と一緒になってみるみる彼の顔をグッショグショにぬらしていった。

夕暮れが次第に深まってゆくのに彼の身体は坐ったまま慄《ふる》えつづけ、気でも違ったように幾度となく地面に頭をすりつけていた。

登志子はどうすればいいのかわからなかった。彼の単なる女体崇拝の表現と考えるべきか、それとも登志子自身に対する崇拝ででもあろうかと解釈した。

今になって考えてみると、あの異様さの中には何か単純には解し難い彼のつきつめられた精神の葛藤が暗示されていたようにも思われた。性欲の変形としての耽溺《たんでき》のようにも思われたし、同時に彼の中に起っている強い竹子（注、松子のこと）に対する欲望を食いとめようとして、登志子を礼拝し、登志子に詫《わ》び、登志子をあがめたのではあるまいか……。

実際にこうしたことがあったかどうかは分からない。作者の中河与一の単なる空想であったかもしれない。が、この場面にはある迫真的なリアリティがある。中河与一は『探美の夜』を書くために古川丁未子（のちに文藝春秋の編集者鷲尾《わしお》洋三と再婚）にも取材しているので、こうした出来事が現実そのままの体験ではなかったとしても、これに類したようなことが実際にあったとしても不思議ではない。

『蓼喰ふ虫』において谷崎は主人公要の内面を、「美しいもの、愛らしいもの、可憐《かれん》なものである以上に、何かしら光りかゞやかしい精神、崇高な感激を与へられるものでなければ、——自分がその前に跪《ひざまず》いて礼拝するやうな心持になれるか、高く空の上へ引き上げられるやうな興奮を覚えるものでなければ飽き足らなかつた」と写し出している。これは藝術ばかりか、異性に対しても同じだという。

谷崎が丁未子との結婚に求めたものは、若い丁未子への肉体的な満足だけでなく、精神的にも聖なる高みに自己を引き上げてくれることであった。「佐藤春夫に与へて過去半生を語る書」での、丁未子との結婚によって「精神的にも肉体的にも合致した夫婦と云ふものの有り難味」を知ったという告白も、丁未子への失望から松子へ惹かれる欲望を懸命に抑えようとした気持ちのあらわれだったといえる。不幸な千代との結婚生活を語りながら、谷崎はそこに将来の丁末子との悲惨な夫婦生活を見透していたのだと思われる。

真言立川流

高野山では龍泉院《りゅうせんいん》の泰雲院《たいうんいん》という坊を借りて宿泊した。一九三一年五月十九日の「大阪毎日新聞」には「谷崎氏夫妻　高野山へ」の見出しのもとに、「高野山で密教を少し調べたいと思つてる」との談話が載っている。谷崎は親王院の水原尭栄《ぎょうえい》について真言密教についての教えをうけた。

水原尭栄は一八九〇年生まれというから谷崎より四歳ほど年下であるが、一九二三年に『邪教立川流の研究』を刊行している。丁未子から妹尾きみ子に宛てた書簡（一九三一年五月二十一日付）には、「夜の八時過ぎに目的地の親王院につきました　こゝの和尚は学者なので大変結構でございます、（中略）自由に立川流なども研究出来ますから」云々といった文言も見える。谷崎は水原尭栄について立川流も学んだようである。

真言立川流とは、男女交合をもって即身成仏の秘術とする性の宗教である。平安時代末期に醍醐寺《だいごじ》に住していた仁寛阿闍利《にんかんあじゃり》が、武蔵国立川の陰陽師に真言の秘法を伝授したところから広く流布するようになったといわれ、建武中興で知られる後醍醐天皇に重んじられた文観《もんかん》によって大成された。

水原尭栄はその宇宙観・人生観を、こんな風に説いている。「科学は（＋）（－）の符号によつて陰と陽、陽と陰との合致によつて雷ができると主張してゐる、今この立川流も雌雄、男女両性これが宇宙構成の玄理であり、これが人生生活の最勝事であると睹《み》てゐる、所謂陰陽の二元的哲理の上に立脚してゐるのである」と。

また「立川流は、陰陽男女両生《ママ》の交会こそ万物発生の根幹で、これをよそにしては宇宙の構成も人生の享楽もない、宗教も藝術も皆な、この男女関係より発生してこれに人道的色彩をつけ、これに審美的精練を加へ行くところに宇宙の荘厳なる美観も覩《み》られ、人生の美味もあらはれるのである」と。

真言立川流では、宇宙人生百般の事象はすべてこの性を中心として一大波紋を描いていると認識する。抑制しがたい性欲の強烈なる活動をそのままに肯定し、浄化させて、そこに仏性の源泉をつかもうとするのである。こうした教義は、水原尭栄も指摘するように、親鸞を先取りするものであろうし、また谷崎が文学的出発期において決定的な影響をこうむった本能満足主義にも通じている。

「龕《がん》」の構想

丁未子との結婚生活において谷崎は何らかのかたちで立川流の秘儀を実践しようとしていた

のかもしれない。新全集第二十五巻収録の創作ノート「松の木影」には、「龕」と題された作品の構想が次のように書き記されている。

○龕（?）　立川流の僧《（江口）》、マゾヒスト或ひはオナニストにて幼時より婬乱《いんらん》なる男、遂に立川流を信ずる、そして貴族の娘を捉へて三昧境に入る、而もほんたうには関係しない、（オナニストの哲学）（立川流の別派）或ひは関係しても、実在の婦人としてゞなく観念上の女として崇拝する、そして関係したあとで又その記憶でオナニをし、それが真の恋愛、且《かつ》仏道の奥儀なりとする、そして遂にその娘をすてる、

××××

後年、江口にて遊女になつてゐるその娘に逢《あ》ふ、娘、菩薩の化身なりと云ふ、僧、その遊女を礼拝はするが、関係せず、お前は卑しき影に過ぎない、実在の菩薩はもつと貴いものだと云ひて去る。女は彼に捨てられて泣く、（江口の秋の描写）

創作ノート「松の木影」は『春琴抄』（一九三三年）のためのメモからはじまっており、この「龕」の構想は『春琴抄』と「陰翳礼讃」（一九三三～一九三四年）のメモとのあいだに挟まれているところから、一九三三年中のものと判断して間違いない。谷崎は立川流の研究の成果を、

こんな風に謡曲『江口』と絡めながら、自己流に結晶化させようとしていた。「龕」とは、仏を納める厨子《ずし》のことであるが、辻堂のなかに新妻を観音菩薩に見たてて立たせ、それに拝跪し礼拝するという構図は、「龕」の僧が江口の遊女を礼拝するのと同じである。「龕」の構想を念頭に置いて、中河与一が描いた「登志子観音」のエピソードを読むならば、この時期に抱えていた谷崎の苦悩と葛藤が、いっそう鮮明に浮きあがってくる。

性欲の対象としての女体と聖性をもった観念上の女との一体化を、丁未子に希求しながらも、それを得られずに悶え苦しむ谷崎。ともすれば根津松子の魅力に牽引《けんいん》され、その誘惑に堪えながら、かろうじて松子への欲望に抗しつづける谷崎。丁未子はそうした谷崎の複雑な内的力学をとらえることができず、どこまでも世間の一般的な良妻となることによって仕えようとする。ふたりのこうした思惑の違いが、やがて越えることのできない不幸の大きな溝を生んでしまうことになる。

『武州公秘話』

『盲目物語』のあとをうけて書かれた『武州公秘話』(一九三一〜一九三二年)には、もはや抑えがたく募る根津松子への欲望と丁未子への絶望的な落胆とが反映されることになる。『武州公秘話』は、創作ノート「松の木影」に「外部の戦争を舒《じょ》してその背後にある将軍の変態心理を間接に現はすやうにすること」とその創作意図が記されており、「被虐性的変態性慾」をもった戦国武将の武蔵守輝勝《むさしのかみてるかつ》の、癒されることのない激しい性的渇望を描き出している。

これは、当時大いに流行しはじめた探偵小説を多く掲載したエンターテインメント雑誌「新青年」に連載された。谷崎もはじめは金のためと割り切って取りかかったようだが、書き進めるにしたがって興が乗って、戦国武将の「変態心理」を隠れ蓑《かくみの》に、あからさまに自己の性的嗜好を抉《えぐ》りだした。これが単行本となったときに、里見弴《とん》は題辞として「天下第一奇書」と揮毫した。変態性欲者の心理と行動を見事に描き出し、単なる大衆小説的面白さを超えた谷崎文学を代表する傑作となっている。

戦国武将の武蔵守輝勝は、法師丸と名乗った少年時代、人質として筑摩一閑斎《つくまいっかんさい》の牡鹿《おじか》城に育った。薬師寺弾正政高《やくしじだんじょうまさたか》の兵に攻められて、籠城した折に敵の武士の首が美しい女の手で化粧されるのを見て異様な感動を覚える。「もしも自分があのやうな首になつて、あの女の魅力の前に引き据ゑられたら、どんなに幸福だか知れない」といった空想にとらわれる。

法師丸は「心の奥底に、全く自分の意力の及ばない別な構造の深い〳〵井戸のやうなものがあつて」、そのまっくらな中をのぞいて、計り知れない深さに怯《おび》える。ことに鼻の欠けた、いわゆる女首《おんなくび》と美女との対照が忘れがたく、彼の一生の性生活を支配するまでの秘密な快感を与えた。ある夜、女首を得ようと、城を囲む敵将の薬師寺弾正政高の寝所に潜入し、その命を奪って鼻をそいで持ち帰った。

元服した法師丸は河内介《かわちのすけ》輝勝と名乗り、一閑斎の長子織部正《おりべのしょう》則重《のりしげ》に仕えたが、則重に嫁した政高の娘桔梗《ききょう》の方が夫を父の仇《かたき》とみなし、その復讐《ふくしゅう》として則重の鼻を狙っていることを知る。桔梗の方は「もとよりやんごとなき都の上臈《じょうろう》にてましましければ、和歌管絃《かんげん》のみちにくらからず、（中略）もろこしの楊貴妃《ようきひ》、本朝にては衣通姫《そとおりひめ》といふともよもこれほどにはあらじ」といわれるほどの美人である。輝勝は桔梗の方に加担し、則重の鼻をそぎ、彼女と密通する。

松雪院《しょうせついん》への失望

父輝国の居城多聞山《たもんやま》に戻って間もなく、二十二歳の輝勝は、十五歳の松雪院を娶る。輝勝は「松雪院を桔梗の方に擬して」、秘密な性的遊戯の好伴侶だった道阿弥《どうあみ》とともに松雪院を自分の好きな鋳型に養成しようと試みる。しかし、松雪院は輝勝の「畸形《きけい》的情慾」を満たしてくれる女性ではなく、ふたりの新婚生活は、「二三箇月を出でないうちに早くも破綻を来たしてゐた」のである。

父が亡くなり、家督を継いで武蔵守輝勝を名乗り、武州公の欲望は再び桔梗の方へ向かった。筑摩の居城牡鹿城を攻め滅ぼして、則重ともども桔梗の方を多聞山の城中の三の谷にかくまった。が、桔梗の方は心変わりし、「最早《もは》や夫の破滅を享楽する残忍性を捨て」、いまは貞淑な妻となっていた。輝勝の欲望は満たされないまま、新たな異性を求め、奇異な刺戟と醜悪な悪戯《いたずら》とを貪ってゆく。

読んで誰しも気づくように、桔梗の方は当時谷崎が恋慕していた根津松子をモデルとしており、松雪院は丁未子をモデルにしている。戦国武将の輝かしい武勲の裏に隠された性欲史を語るというこの破天荒な作品は、意外と谷崎自身の生々しい欲望が、虚構のヴェールに覆われながら隠蔽されることなく、ストレートに語り出されている。

実際に書かれた現行の『武州公秘話』は、当初の構想からすればその半分ほどでしかなかったようだ。連載をいったん切りあげるとき、谷崎は「『武州公秘話』続篇について」という文章を掲げ、ほかの雑誌の原稿を片づけてから、半歳後に再びこの続稿をつづけたい旨の希望を語っていた。伊吹和子『われよりほかに　谷崎潤一郎最後の十二年』（一九九四年）は、戦後もこの続篇を書きたいという思いをいだきつづけていたことを伝えている。

新全集第二十五巻に収録された創作ノートには、この続篇の構想メモも記されている。創作ノート「丑《うし》」には続篇執筆のために、谷崎自身が旧作を読み返しながら取った詳細なメモが残され、続篇を「嬲物語《なぶり》」と題することが考えられていたようだ。また創作ノート「武州公秘話ノート」には続篇の構想の内容にかかわるメモが残されている。

「鼻物語」の構想

「鼻物語」として構想していた『武州公秘話』の続篇とは、おおよそ次のようなものだった。則重と桔梗の方のあいだには閼伽丸と浦姫という一男一女があった。牡鹿城落城の間際にふたりは落とされたが、閼伽丸は捜し出されて殺され、浦姫は三の谷の御殿に引き取られた。則重は仏門に入り、浦姫は父の顔をはじめて見る。則重の死後、桔梗の方は浦姫に鼻の秘密のことを語って、自害する。武州公は失望のあまり乱暴を働く。

道阿弥は則重の鼻を浦姫に示す。則重の鼻を狙って鉄砲を撃ち、輝勝に捕らえられ死んだ的《まと》場《ば》図《ず》書《しょ》は、桔梗の方の乳母「楓《かえで》」の子で、桔梗の方と乳兄弟だったが、その的場図書の妹の「はる」が道阿弥を責めて、はるは殺される。浦姫は母を恨み父の仇を討とうとする。的場図書、はるの弟の新三郎は、則重の鼻を取ったのが武州公だったことを知り、武州公を殺そうとする。新三郎は浦姫を奪って逃亡し、武州公は浦姫をわざと逃がす。

永禄四年武州公は月形城に横輪豊前を攻め下す。月形城の落城のとき、牡鹿城の籠城の折に敵将の鼻のない女首に化粧をほどこし、法師丸時代の武州公に決定的な影響を及ぼした井田駿《する》河守《がのかみ》の娘「てる」に出会う。てるは二十九歳で、桔梗の方の腰元で一番器量の美しかったお久とともに武州公と道阿弥とに仕える。武州公はてると結婚する。

てるはお久に武藝を仕込んで道阿弥を鼻る。則重が矢に射られて片耳を失っていたように、道阿弥は左の耳を切られる。また道阿弥は宮刑に処せられて、宦官《かんがん》となる。道阿弥はおてるの方の計略を武州公に告げるが、武州公も宮刑に処せられ、天正元年に死去した。

メモは項目を羅列するかたちで書かれている。強いて文章化すれば、以上が続篇の梗概である。メモであるゆえ、飛躍も多く、それぞれの事柄のあいだに何があり、どうしてそのようになるか分からないところも多い。が、ここには丁未子との結婚生活の破綻後に想像される、自身の止めどなく暴走する欲望のかたちがあらわにされている。

松子との恋愛の深化

丁未子への失望に反比例するように根津松子への思慕が膨らんでいったことは疑いない。高野山から下りた後には、中河内郡孔舎衙《くさか》村の根津商店寮に移り、しばらくして夙川の根津別荘への転居と次第に松子へ接近して、その距離をちぢめている。一九三一年の暮れには「倚松庵主人」の号も用いはじめるが、「倚松」とは「松」子に「倚《よ》」るという意である。翌年二月に刊行された『盲目物語』の題辞は根津松子が書き、口絵に使われた北野恒富による茶々の絵のモデルも松子であった。

一九三二年四月には、谷崎夫婦と妹尾夫婦に根津松子をまじえて紀州の道成寺、根来寺《ねごろじ》に花見旅行をしている。また五月末には同じメンバーに佐藤春夫夫婦も加えて、室生寺《むろうじ》、名張、伊賀上野方面へ旅をし、稲澤秀夫『秘本谷崎潤一郎』第二巻（一九九二年）によれば、室生寺では暗闇のなかで谷崎と松子は抱擁してキスをした。

『武州公秘話』で松子をモデルとした桔梗の方は、松雪院との結婚生活に失望した武州公から離れてゆくことになる。が、現実においては、この旅行から帰ってから間もなく、谷崎は松子へ「お慕い申しております」と愛の告白をし、ふたりの恋愛関係は急速に進展してゆく。一九二九年に起こった世界恐慌のあおりをうけて、さしもの根津商店も傾きかける。夫の清太郎が妹の信子と関係をもつようになって、松子側の夫婦生活も破綻をきたしたとはいえ、しかし谷崎が松子と結ばれるためにはあまりに障碍《しょうがい》が多すぎた。

たとえば、二〇一五年に神奈川近代文学館において開催された「没後50年　谷崎潤一郎展　絢爛《けんらん》たる物語世界」においてはじめて展示された、『春琴抄』執筆中の一九三三年三月二十三日付の佐藤春夫宛書簡においてでさえ谷崎は、次のように記している。

青木の夫人（注、根津松子のこと、当時松子は青木《おおぎ》にある根津寮に住んでいた）を思ふ程度は実に従来の比にあらず始て恋愛を知りたる心地す、唯老境と貧窮とを思ひ、又青木夫人に係累多きことを思ふ時日暮れて道遠しの感あるを憾《うら》むのみ、（中略）夫人のために小生とハ別れても清太郎氏とも離別する方幸福也これだけハ何とかさう計らひたし　最後の決心は高

野山の水原師を頼みて出家するにあり、しかし斯くても小生ハ生涯夫人を忘れさる《ママ》べし

（神奈川近代文学館「没後50年　谷崎潤一郎展　絢爛たる物語世界」図録）

戦前には姦通罪《かんつうざい》というものがあり、人妻との不倫は歴《れつき》とした犯罪であった。谷崎も親しかった北原白秋が相手の夫から訴えられて未決囚として収監されたことや、波多野秋子と関係した有島武郎《たけお》が秋子の夫から訴えられそうになって心中したという事件を目撃してきた。松子との関係では慎重のうえにも慎重にならざるを得なかった。

去勢願望

雨宮庸蔵『偲ぶ草　ジャーナリスト六十年』（一九八八年）には、木下杢太郎から聞いた話として「谷崎がカストラチオン（去勢）をやってくれといってきかず、皆で止めて漸く思いとどまらした」ということが記されている。これがいつのことだったか定かでない。が、これは『武州公秘話』の続篇「鶍物語」の世界に通ずるものがある。また「高野山の水原師を頼みて出家」という最後の決心は、「龜」に構想された立川流の僧にも通ずる。

谷崎は霊肉一致の境地を希求しながら、それがたやすく得られないところから恋愛と色情とをそれぞれに分けて考える傾向があった。が、その矛盾が露呈して、身と心とがバラバラにな

ることに堪えられず、にっちもさっちも行かなくなったとき、自己の身を滅ぼしても観念の世界において理想の女性を愛しつづけたいという願望があったようだ。

『武州公秘話』では妻の松雪院を自己の理想の女性に仕立てるべく教育しようとしたが、見事に失敗する。目標を見失った武州公の「被虐性的変態性欲」は、「次々に新しい異性を求めては奇異な刺戟と醜悪な悪戯とを貪」り、続篇の構想では最後には宮刑に処せられる。去勢され、現実から遊離した観念世界に遊び戯れながらその生涯を終えたのだろう。

『蘆刈《あしかり》』

『谷崎潤一郎の恋文』によって、谷崎と松子の恋愛の進展状況が手に取るように明らかになった。谷崎が丁未子に自分の松子への思いを打ち明けたのは、一九三二年八月十四日だった。この日の夕刻に「魚崎横屋西田」の谷崎から「県下武庫郡本庄村西青木　ゴルフクラブ東南隣根津清太郎様方　御奥様」に宛てた「親展」の書簡に、「本日丁未子に大体話しました、兎に角僕の心持だけは了解してくれ、今後文通と自由行動だけは取れることになりました」と報じている。

愛の告白からここに至るまでのあいだ、これからの行き先をどうするか、谷崎と松子は何度も繰り返し話し合ったに違いない。松子はのちに『湘竹居追想《しょうちくきょ》』（一九八三年）において、その時期のことを「一日を置かぬ程に手紙が配達され、（中略）四、五日に一度はゴルフ場の芝生で遇《あ》つた」といい、「青木の浜で天地に二人きりの心細い夜の闇の中に向ひ合つて、『全う出来なければ二人で死にませう』と誓ひ合つた」という。

『武州公秘話』に踵《きびす》を接するようにして『蘆刈』が執筆された。一九三二年十一月八日付の松子宛書簡には、「目下私は先月号よりのつゞきの改造の小説『蘆刈』といふものを書いてをりますがこれは筋は全くちがひますけれども女主人公の人柄は勿体なうごさ《ママ》いますが御寮人様のやうな御方を頭に入れて書いてゐるのでござります」とある。

『蘆刈』において、主人公の慎之助はお遊さまと結ばれることなく、お遊さまの妹のお静と結婚する。松子は四人姉妹で、すぐ下の妹は、のちに『細雪』のヒロイン雪子のモデルになる重子である。谷崎は松子と深く心を通い合わせながら、まったく将来の見通しの立たないような状況のなかで、さまざまなことを想像世界のなかでシミュレートしてみたのだろう。

慎之助とお遊さまの奇しき恋の物語は、対岸に橋本の遊廓のある渡船場の中洲の蘆間《あしま》よりあらわれた「ちやうどわたしの影法師のやう」な男によって語られる。語り手の「わたし」は月下の淀川《よどがわ》を眼前にしながら、江口や神崎《かんざき》の遊女に思いを馳《は》せ、「婬《いん》をひさぐことを一種の菩薩行のやうに信じ」、「おのれを生身《しようじん》の普賢《ふげん》になぞらへまたあるときは貴い上人にさへ礼拝されたといふ」その遊女たちの姿を、「ふたゝび此の流れのうへにしばしうたかたの結ぼれるが如く浮かべることは出来ないであらうか」との感慨にひたる。

遊び心に満ち、芝居気に富んだお遊さまは、まさに江口、神崎の遊女たちにも通じた俗性と聖性を帯びた女人である。しかも、慎之助とお静が夫婦となりながらも、お遊さまに操をたてとおし、ふたりながらお遊さまにかしずく。そこにお遊さまの俗性は極少化されて、可能なかぎり高貴で、「﨟《ろう》たけた」聖性が付与される。

しかし、蘆間よりあらわれた男が遠い昔の不思議な物語を語り終えると、「たゞそよ〳〵と風が草の葉をわたるばかりで汀《みぎわ》にいちめんに生えてゐたあしも見えずそのをとこの影もいつのまにか月のひかりに溶け入るやうにきえてしまつた」と一篇は結ばれる。複式夢幻能の形式を借りて『蘆刈』は物語られているが、すべてはうたかたの夢幻のうちに儚《はかな》くも溶け入ってしまうのだ。

『春琴抄』の達成

美しくも儚い『蘆刈』の夢幻的世界では、もはや満足し得ないところがあったのかもしれない。より現実的で、自己の生理的な欲望に立脚した物語の構築を希求し、そこに昭和初年代の古典主義時代の谷崎文学のピークをなす『春琴抄』が執筆されることになったのだといえる。

一九三三年にこの作品が発表されると、文壇内に大きな反響を呼び起こし、徳田秋声、横光利一など二、三の例外はあったものの、惜しみない讃辞が寄せられた。正宗白鳥《まさむねはくちょう》は「『春琴抄』を読んだ瞬間は、聖人出づると雖《いえど》も、一語を挿《はさ》むこと能《あた》はざるべしと云つた感じに打たれた」（「文藝時評」）といい、川端康成は「ただ嘆息するばかりの名作で、言葉がない」（「文藝時評」）と評した。まさに『春琴抄』は、テーマと手法と文体がしっかり絡まった谷崎文学のひとつの到達点である。

『春琴抄』の内容についてはすでに「はじめに」で紹介したが、佐藤春夫はこの作品の材源について興味深い「楽屋ばなし」を伝えている（「最近の谷崎潤一郎を論ず」）。それは『春琴抄』と、「中央公論」一九二七年十二月号に谷崎自身の翻訳したトマス・ハーディの『グリーブ家のバアバラの話』とが「題目も手法も一味相通ふもの」があるということで、折あって谷崎に確認したところそれを認めたという。

谷崎が説いたところによれば、「グリーブ家のバアバラの場合――その美貌故に愛してゐた心からの愛人の美貌が変つてしまつたあの場合、日本人ならどうするだらうと仮定を進めてみたり、男と女とを取替へてみたりするうちにあんな風に出来て来たといふ」のである。

エドモンド・ウィロースは家柄も財産も教養もないが、美貌ゆえにウェセックス地方の名門グリーブ家の令嬢バアバラと結婚することができた。そのウィロースがヴェニスの劇場で火災に遭って、一眼を失い、鼻も耳もない二た目と見られない醜貌になってしまう。バアバラはそれを嫌い、ウィロースは彼女のもとを去ってゆく。
男女の役どころは入れ替わっているが、ともに「熱愛する愛人の美貌が醜貌に変わる」ことをテーマとしている。また『グリーブ家のバアバラの話』は村の古老の外科医によって物語られるが、『春琴抄』は晩年の春琴と佐助に仕えた老媼《ろうおう》の話と「鵙屋春琴伝」なる小冊子によって「考証伝体」（日夏耿之介《ひなつこうのすけ》『谷崎文学』）の形式をもって物語られる。両者の類似は顕著である。

〈盲目〉の主題

関西移住後の昭和初年代の谷崎作品には『盲目物語』『春琴抄』『聞書抄（第二盲目物語）』と盲人をあつかった作品が多い。『春琴抄』のクライマックスも、春琴が火傷を負ったとき、佐助がみずから針で目を突くところにあることはいうまでもない。失明後の佐助について次のように語られる。

佐助は今こそ外界の眼を失つた代りに内界の眼が開けたのを知り嗚呼此れが本当にお師匠様の住んでいらつしやる世界なのだ此れで漸うお師匠様と同じ世界に住むことが出来たと思つたもう衰へた彼の視力では部屋の様子も春琴の姿もはつきり見分けられなかつたが繃帯《ほうたい》で包んだ顔の所在だけが、ぽうつと仄白《ほのじろ》く網膜に映じた彼にはそれが繃帯とは思へなかつたつい二た月前迄のお師匠様の円満微妙な色白の顔が鈍い明りの圏の中に来迎仏《らいごうぶつ》の如く浮かんだ盲目となった佐助の眼底には、「お師匠様の円満微妙な色白の顔」が永久に焼き付けられ、しかも「来迎仏」という超越的なイメージと融合される。そうであれば「誰しも眼が潰れることは不仕合はせだと思ふであらうが自分は盲目になつてからさう云ふ感情を味はつたことがない寧ろ反対に此の世が極楽浄土にでもなつたやうに思はれお師匠様と唯二人生きながら蓮《はす》の台《うてな》の上に住んでゐるやうな心地がした」というのだ。

こうした佐助について語り手は、「畢竟めしひの佐助は現実に眼を閉ぢ永劫《えいごう》不変の観念境へ飛躍したのである」といい、「佐助は現実の春琴を以て観念の春琴を喚《よ》び起す媒介としたのである」と語る。佐助は「触覚の世界を媒介として観念の春琴を視詰《みつ》めることに慣らされた」というように、盲人ならではの官能的悦《よろこ》びを心ゆくまで楽しみ、味わったに違いない。

佐助にとって「観念の春琴」は決して単なる抽象美ではない。それは具体的なかたちをともない、触覚・聴覚をとおして、余人にはうかがい知れないきわめて生々しい官能に支えられたものである。永劫不変な観念世界と可感的な官能世界が、ここに見事に一体化、融合されている。目を突くという行為は、どこか去勢にも通じるものが感ぜられるが、佐助の至りついた境地こそ谷崎が追い求めた理想の世界だったのだろう。

『春琴抄』の基底

谷崎松子によれば、谷崎が盲目の世界へ意を向けるようになったのは、菊原琴治《きくはらことじ》検校に出稽古にきてもらったことが発端となっている（「『春琴抄』『盲目物語』の思い出につながる地唄」）。菊原検校は小鳥をたくさん飼育しており、春琴の小鳥道楽もそれにヒントを得たものだが、『春琴抄』成立には検校が何かと大きな役割を果たしたようである。

『菊原撿校《けんぎよう》生ひ立の記』（一九四三年）によれば、菊原検校を谷崎に紹介したのは雑誌「女性」の編集者だった松阪青渓《まつさかせいけい》で、検校は一九二七年六月一日から岡本の谷崎邸に出稽古するようになった。これに序文を寄せた谷崎は、次のようにいっている。

音楽に対する私の耳を開けて下すつた撿校の恩は、無限に大きい。私が関西に移住して以来のあらゆる出来事は、年を経《ふ》れば経るほどあのなつかしい生田流の箏曲《そうきよく》や地唄と結び着いていろ〱な場合に回想されるのであるが、もし撿校と相識《あいし》ることがなかつたならば、斯くの如き思ひ出ゆたかな生活は味ひ得られなかつたであらう。さうしてそれが、私の文学上の仕事にも多分の影響を及ぼしてゐることは言を俟《ま》たない。話が自分一己のことに亘《わた》るのは恐縮であるが、敢《あえ》て云はせて戴くなら、私は自分が関西に移つてから以後、最も深い精神的感化を与へて下すつた方は撿校であると思つてゐる。

谷崎が関西に移住し、その伝統文化を理解するための基底に存したのは音曲の世界であった。谷崎は菊原検校と出会い、音曲への耳を開かせられることによって、これまでの視覚優先の世界から聴覚中心の世界へと移行していった。

視覚優先の世界は、紙に印刷された活字のように、どこまでも均質で、静止的である。それに対して聴覚中心の世界は、話された言葉に特徴的なように力強いダイナミズムを内包する。ましてや視覚が閉ざされるならば、聴覚や触覚は研ぎ澄まされて、いやがうえにも鋭敏にならざるを得ない。こうした感覚比率の変更は、精神内部の変容をうながすことにもなる。

松子は先の文章で、何か貸して貰《もら》いたいと谷崎に頼んだときにシュニッツラーの『盲人ジェロニモとその兄弟』を貸与されたといっている。心ない旅人の虚偽の一言が、盲人のジェロニモの精神に大きな変化をもたらして、彼を意固地にさせる。「もと〳〵我《わ》が儘《まま》なお嬢様育ちのところへ盲人に特有な意地悪さも加はつて」と記される春琴にも、それと同じようなことが起こる。盲人の性格を描くにあたってシュニッツラーなどを参考にしたことも間違いないだろう。

春琴とお銀様

この機会に『春琴抄』に関して、これまで言及されることがなかったが、もうひとつだけ指摘しておきたいことがある。

『饒舌録』での芥川龍之介との文学論争において、谷崎は中里介山《かいざん》の『大菩薩峠』を非常に高く評価した。『大菩薩峠』には個性的な登場人物がたくさん描き出されるが、そのなかでもお銀様のインパクトは相当なものである。私はこのお銀様の存在が春琴の造形にあたって、なにほどか影を落としたのではないかと思っている。

お銀様は甲州有野《ありの》村の巨万の富をもつ馬大尽のひとり娘である。幼少時代はとても可愛らしい子どもだったが、継母の嫉妬から顔にひどい火傷を負い、その後に疱瘡《ほうそう》にも罹って二た目と見られない鬼女のような醜女となる。常に御高祖頭巾《おこそずきん》で顔を隠し、気位はきわめて高い。性格も峻烈《しゅんれつ》をきわめ、僻《ひが》み根性が骨までしみこんでいる。

そのお銀様が机龍之助と出会って、肉体的な関係を結ぶ。お銀様は「あゝ、貴方はお眼が見えない、お眼が見えないから、わたしは嬉しい」といい、「お銀様の龍之助を愛することは火のやうでありました。火に油を加へたやうな愛し方でありました」と語られる。

一方、お銀様との関係をもった机龍之助について「眼の見えない机龍之助は、お銀様を単に女として見ることが出来ました。女性の表面の第一の誇であるべき容貌は、お銀様において残る方なく蹂躙《じゆうりん》し尽されてゐました。ひとり机龍之助にとつて、その蹂躙は理由なきものであります」と語り出される。眼が見えない机龍之助にとっては、お銀様の醜貌も別に問題とされることではない。

この盲目の机龍之助と顔にひどい火傷を負ったお銀様の関係は、ハーディの『グリーブ家のバアバラの話』の場合と同じように、男と女とを取り替えてみたり、ここからどのような別の物語を紡ぎだすことができるか考えさせられたりもしただろう。春琴と佐助の物語を描くにあたって、谷崎にこの机龍之助とお銀様の関係もひとつのヒントを与えたものと思われる。

『饒舌録』において谷崎が『大菩薩峠』に言及したのは、一九二六年十月二十一日に「大阪毎日新聞」「東京日日新聞」に連載した「みちりやの巻」が終わって、一九二七年十一月二日に「めいろの巻」が開始されるあいだのことである。谷崎が「みちりやの巻」までは『大菩薩峠』を読んでいたことは間違いない。

「他生の巻」には立川流の集まりについても語られている。『大菩薩峠』は何かと谷崎の関心を引くような話題が多い。大衆文学の流行を歓迎した昭和初年代の谷崎文学には、中里介山の『大菩薩峠』がなかなか無視できない存在だったことは間違いない。

第八章　戦中から戦後へ
――『源氏物語』現代語訳と『細雪』『少将滋幹の母』

誓約書

『谷崎潤一郎の恋文　松子・重子姉妹との書簡集』には、『春琴抄』脱稿後の一九三三年五月二十日付で松子に宛てた一通の「誓約」書が掲げられている。「今回御寮人様の御情を蒙《こうむ》り夫婦之契を御許被下候段勿体なき事に存候私事一生の願を叶て頂き候上ハ永久に御高恩を不忘御寮人様の忠僕として御奉公申上げ」云々といったものだ。

これより早く五月十三日の夜、丁未子との結婚の媒酌人岡成志《しげゆき》と妹尾夫婦、丁未子本人もまじえて離婚のための協議が行われた。将来丁未子が結婚するか独立して行けるまで毎月百五十円ずつ仕送るという約束で、事実上離婚したという証書が取り交わされた。五月二十日の「誓約」書は、この事実上の離婚を待ってはじめて可能となった。

こうした「誓約」の作成はふたりのあいだのお芝居だったのだろう。端から見れば珍妙きわまりないかもしれないが、教育と契約とはマゾヒストにとって欠かせない必須の要件である。谷崎の欲望はこうしたことまで文書にして留め置き、自己を縛る契約としたかったのだろう。

谷崎は自己の欲望をギリギリまで遅延させて、『盲目物語』『武州公秘話』『蘆刈』『春琴抄』などの名作群を書きつづけていった。『春琴抄』はその漸次に高まる欲望の頂点で執筆されたのだろう。この直後に谷崎は最後の戯曲作品『顔世《かおよ》』を執筆するが、それまでの緊張感が弛緩《しかん》してしまったのだろうか。その後は松子へ宛ててこの原稿が進まないことの愚痴ばかりが繰り返される。

正宗白鳥は「改造」一九三三年九月号の「文藝時評」において、アーサー・ウェイリーの英訳『源氏物語』と同時に『顔世』を取りあげている。「戯曲『顔世』を読みながら、大才谷崎潤一郎にしても、なほ多作の弊を免かれないのではあるまいかと、薄々感じるやうな気持になつた」といっている。創作欲が旺盛なのはいいが、「生活の資力を獲んがために無理をしてゐる」のではないかと心配している。

白鳥は「『春琴抄』讃美の声には、作者も食傷したかも知れない。これほどの傑作を世に出した後は、暫《しば》らく休養してい丶訳である」ともいっている。紫式部が悠然として『源氏物語』を書いたような気持ちや、ウェイリーが『源氏物語』の翻訳に十年の歳月を費やしたような心境は、「月月の雑誌の註文《ちゆうもん》に応じて筆を執る外に能のない我々文筆業者」にはうかがい知ることができないのだろうかともいっている。

近代文学のなかの『源氏物語』

谷崎は松子からインスピレーションをうけて『顔世』『聞書抄（第二盲目物語）』などを書きついだが、もはや『盲目物語』『春琴抄』の二番煎じでしかなかった。最高傑作を書いてしまった作家は、皮肉なことに作家としての最大の危機に遭遇したということでもある。それを超える作品を、次に生みだすことが容易ではないからである。

谷崎とても例外ではない。自己の文学の方向を大きく切り換える必要性に迫られたわけであるが、一九三三年暮れに中央公論社社長の嶋中雄作から『源氏物語』の現代語訳の話が持ちこまれたようである。正宗白鳥のウェイリーの英訳『源氏物語』を賞讃する批評に刺戟されての企画だったと思われるが、谷崎は大いに触手が動かされたようである。

芥川龍之介は「僕は『源氏物語』を褒める大勢の人々に遭遇した。が、実際読んでゐるのは（理解し、享楽してゐるのを問はないにもせよ）僕と交つてゐる小説家の中ではたつた二人、――谷崎潤一郎氏と明石敏夫氏とばかりだつた。すると古典と呼ばれるのは或は五千万人中滅多に読まれない作品かも知れない」（『文藝的な、余りに文藝的な』）といっている。

書名ばかりは知られているが、当時においてもほとんど国文学の専門家以外には読めなくなってしまった『源氏物語』。それを昭和になって古典的な題材を積極的に取りあげて作品化してきた谷崎が、現代語訳するというのであるから話題性にはこと欠かないだろう。

また『源氏物語』を読みたがった松子へ『湖月抄』を届けた際の手紙（一九三三年一月十六日付）に谷崎は、「今の世に、御寮人様ほど源氏を御読み遊ばすのに似つかはしい方がいらつしやいませうか、源氏は御寮人様が御読み遊ばすために出来てゐるやうな本でござります」と記している。谷崎は松子に自分の訳した文章で読ませたかったのだろう。

『源氏物語』現代語訳

一九三五年九月から『源氏物語』現代語訳の仕事が開始された。途中に以前からの約束があった「改造」の『猫と庄造と二人のをんな』を脱稿すると、「殆ど文字通り『源氏に起き、源氏に寝《い》ねる』と云ふ生活」（「源氏物語序」）がはじまった。はじめ二年間の予定で取り組んだが、第一稿の脱稿まで丸三年かかり、さらに修訂・推敲《すいこう》を加えて、最終的に完成するまでに六年もの時間を要した。

『源氏物語』は天皇の妃と皇子の姦通、および不義の子への皇位継承をあつかって、内容的に不敬罪にも問われかねない危険性をはらんでいる。谷崎は研究者による校閲を望んだが、中央公論社は時節柄、普通の源氏物語学者より国体明徴的な研究者がいいということで、東北帝国大学の山田孝雄《よしお》に決めた。藤壺《ふじつぼ》と光源氏のエピソードや国体と抵触する箇所は、山田からの指摘をうけてすべて削除した。

戦後の一九五一年五月から刊行がはじまった『潤一郎新訳　源氏物語』において削除箇所のない全訳が完成したが、その序文に谷崎は次のように記している。

旧訳に対して私が満足出来なかつた点は、（中略）あの翻訳が世に出た頃は、何分にも頑迷固陋《ころう》な軍国思想の跋扈《ばっこ》してゐた時代であつたので、私は分らずやの軍人共の忌避に触れないやうにするため、最少限度に於いて原作の筋を歪《ゆが》め、削り、ずらし、ぼかし、などせざるを得なかつたのであつた。而も私が翻訳の業に従ひつゝ、ある前後五六年の間に、事変の様相が次第に深刻さを加へるにつれて、軍の圧迫がます〳〵苛烈になつて来たので、私は最初に考へたよりも、より以上の削除や歪曲《わいきょく》を施すことを余儀なくされた。（「源氏物語新訳序」）

一九三七年七月に日中戦争が起こり、戦時色を強めていった。同年十月十日付の嶋中雄作宛書簡に谷崎は、「時局が長引いた場合でも、完結すれば出版する御考へでせうか。私はなるべくなら平和になるのを待ちたく思ひます」と記した。時局との関連でその出版にも気をもまなければならなかった。

『潤一郎訳　源氏物語』は一九三九年一月から刊行がはじまった。社では五万部も出れば成功と考えられていたが、第一回の配本で十七、八万部までいき、営業的には大成功だった。谷崎はこれによって長いあいだ苦しめられてきた改造社への借金を返済し、中央公論社はその厖大《ぼうだい》な利益を原資として民間アカデミー「国民学術協会」を設立。「源氏物語」翻訳の当初の担当編集者だった雨宮庸蔵は、石川達三『生きてゐる兵隊』の筆禍事件によって責任を負い退社していたが、この協会の主事として迎えられた。

長篇小説の構想

谷崎は一九三四年三月から松子と同棲し、翌年の一月には自宅で祝言をあげた。『源氏物語』の翻訳に没頭しながら、谷崎は創作ノート「松の木影」に松子との日常におけるエピソードを折々にメモするようになった。

「松の木影」には実にさまざまなことが記されている。作品の構想メモばかりか、谷崎が見聞したことから、松子から聞いた噂話《うわさばなし》、あの話とこの話を結びつけてひとつにするかとか、あるいは谷崎の妄想としか思われないような荒唐無稽な事柄に至るまで雑然と記されてある。あたかも谷崎の脳味噌《のうみそ》の中味をのぞき見るかのような面白さがある。

松子からのインスピレーションによって書かれた昭和初年代の説話的な物語作品から脱皮しようとしていた時期には、こんなメモも残されている。

丁未子の所へ予が行き、二人して二階へ上つてゐたこと、これも知れて循環してゐる、猫の話もこれと一つにし、厖大なる長篇を作らんか？　M女四姉妹のこと、予とM女との関係、M家のこと、N氏のこと、及びW、S女のこと、佐藤家との関係、C女のこと、A子のことなど凡べてを打つて一丸とし悲哀と滑稽と歓楽とを織りまぜたる厖大篇とするか。

（創作ノート「松の木影」）

当時、谷崎は「べかゝう」あるいは「循環」という表題の、噂話が交際仲間のあいだでアッという間に循環してしまう関西の有閑マダムたちの生態を描く小説を構想していた。「猫の話」というのは、「妻を嫌つて別居する、妻、夫の愛を引かんがために夫が愛する猫を自分の家へ連れて行く」というもので、『猫と庄造と二人のをんな』に結晶化されることになる。

一時はこのふたつを結びつけた厖大な長篇を構築しようと考えていた。また谷崎の周辺の人物（「M女」は松子、「M家」は森田家、「N氏」は根津清太郎、「W」は和嶋彬夫《わじまあきお》、「S女」はせい、「C女」は千代、「A子」は鮎子をさす）を打って一丸とした長篇をも構想していた。ともかく人生の

「悲哀と滑稽と歓楽」を織りまぜたような厖大な長篇小説に挑戦したいとの意欲を、この時期からいだきはじめたようだ。

「細雪」のイメージ

長篇への意欲は、やがて松子の妹の重子へ次第に焦点がしぼられてゆく。一九三六年の「十一月上旬」に新大阪ホテルで行われた重子と「Y氏」との見合いのあとに、その様子を克明に記録した文章が「松の木影」にある。「Y氏」とは『細雪』において最初の見合い相手となる瀬越《せごえ》のことであるが、その文章の前に「◎細雪《サヽメユキ》」と記している。「S子は二十九才であるがまだ純潔な処女である」と書き出される。「細雪」の題名のもとに重子に焦点をあてた小説が発想されたのはこのときだろう。新村出《しんむらいずる》『童心録』(一九四六年)によれば、ササメユキの成語は、「中世の仮託書《かたくしょ》たる秘蔵抄や蔵玉 集《ぞうぎょくしゅう》などを古い典拠となし、平安朝の歌文には未現であらう」という。

ささめ雪ふりしくやどの庭の面に見るに心もあへずざりけり

『新編国歌大観』第五巻に収載された『秘蔵抄』に掲げられている一首である。『秘蔵抄』は凡河内躬恒《おおしこうちのみつね》撰という体裁をとっているが、編者未詳。南北朝時代前後に成立したもので、草木鳥獣や月などの異名を読みこんだ歌を掲げている。

今日出海《こんひでみ》との対談「文藝訪問」（一九五五年）において首相の吉田茂が、「細雪」を読めなかったという話題が取りあげられている。いまでこそ谷崎の作品がポピュラーになって、おおかたの日本人は「細雪」をササメユキと難なく読むことができる。が、この作品が書かれる以前には「細雪」という語はめったに使用されない難読語だったようだ。

谷崎がこれをどこから引いたのかよく分からないが、新村出は『新撰俳諧辞典』に「細雪の解は、まばらに降り敷く雪、又こまかに降る雪」とあるという。そして「後の方がむしろ適切で、ササメク気持が現はれるやうで、女性を主材にとりあつかつた小説には、実に語感がい、、響きがい、」と評している。

「『細雪』瑣談《さだん》」（一九四九年）で谷崎は、この小説の題名として「三姉妹」とか「三寒四温」とかも考えたが、「自分の考へてゐる主人公の『雪子』といふ名前から、自然に『細雪』といふ題名が頭に浮かんで来た」といっている。が、創作ノートを見るかぎり、雪子という主人公の名前よりも「細雪」というタイトルの方が先に浮かんだように思われる。

というのは、「細雪《サヽメユキ》」のメモは「S子の左の眼の周り」の「黒い斑点のやうなもの」とS子の化粧法との関連を語ることから書き出されている。それはちょうど「まばらに降り敷く雪」

を思い起こさせるからである。

また「細雪」という語感は、「からだつきが非常にきやしやで、肺病などがありはしないか」と間違えられるほど青白く見えたというS子のイメージにぴったりである。おそらく「細雪」のイメージから「雪子」という名前も自然と浮かんできたのだろう。


「十八公日記」


谷崎が『細雪』の構想を固めるうえで大きなヒントになったかもしれないふたつの事柄について触れておきたい。そのひとつは新全集の二十六巻に「参考」として収録された松子の「十八公日記」の存在である。「十八公」とは、「松」の字を分解した「松子」の別名である。

この日記は元旦から二月二十三日までの約二ヶ月間の松子の日記であるが、冒頭の箇所に「昭和十三、四年の日記」という記述がある。また上段の書きこみには「住吉反高林のころ」とも記されている。なかには「『細雪』のモデルの白系露人」と、日記のなかの人物への注記もある。これらの書き入れが、戦後あるいは谷崎没後に松子が備忘のために書き入れたことは明らかである。

頻繁に往き来する友人との交際、たび重なるヨーロッパ映画の鑑賞、娘の恵美子の発熱や病弱な自身の病気のためにしばしば往診する重信《しげのぶ》先生、ピアノの稽古やホームパーティの開催など、谷崎家の正月の雰囲気とそれにつづく日常のこまごまとした事柄を主婦の視点からとらえている。松子は谷崎をムッシュとかJunとか記し、賑やかで派手な一九三〇年代の阪神間の中流階級の生活ぶりを遺憾なく伝えている。

この日記は正確にはいつのものだろうか。一月十四日に松竹座でドイツ映画「紅天夢」を観ているので、調べてみたところ、一九三七（昭和十二）年一月十四日に松竹座で「紅天夢」が封切られている。すると、「松の木影」に「細雪《サヽメユキ》」の表題のもとに記された重子の見合いが前年十一月であるから、それにすぐつづくものだということが分かる。

谷崎家のホームパーティ

創作ノートには「夙川の輿本《こしもと》さん」という人物についての言及がある。資産家で四人の子どもを遺して細君に先立たれ、重子へ関心を示している。Y氏との縁談がダメになったあと、S子も輿本さんにはまんざらでもないようなので、「近日M子宅でダンスパーチーを開き、輿本さんを呼ぶことにする」と「細雪《サヽメユキ》」と題された文章は結ばれる。

この「ダンスパーチー」は、「十八公日記」に記された一月十六日のパーティと同じだろう。「十八公日記」では、十一日に「輿本氏（夙川）」にパーティの招待状を書いているが、この「輿本氏（夙川）」と、「松の木影」に記された「夙川の輿本さん」は同一人物とみて間違いない。

そこで原本のコピーを確認したところ、松子の筆は癖が強く、思い切ったくずし方をするので、ここは「奥」「輿」「與（与）」とも判断がつかない。「松の木影」のコピーも確認したところ、こちらは「奥」とは読めず、「輿」か「與」かのどちらかである。あるいは「与本さん」だったかもしれない。翻字において固有名を特定することの難しさをあらためて思い知らされたが、その困難は並大抵ではない。

しかし、固有名の特定はともかく、十六日のパーティが重子の縁談にかかわるものだったということは重要である。「十八公日記」によれば、十六日のパーティに「輿本（与本）」さんは出席しなかったようだ。その人との縁談話もそれきりになったようで、『細雪』にも反映していない。が、この時期の谷崎家の関心事がなにより重子の結婚問題だったことが分かる。私には「十八公日記」があたかも『細雪』のミニチュア版のように感じられる。

谷崎は「十八公日記」を読んでいたのだろうか。谷崎に隠すような内容が記された日記でもないので、あるいは松子の方から見せたかもしれない。谷崎が読んだにしろ読まなかったにしろ、少なくも谷崎は松子が日記をつけていたことは知っていたと思われる。

このとき自分が関心をもってノートしている重子の結婚問題を、松子がどのようにとらえているのか、松子の視点からはどんな風に映るのか、と谷崎は考えざるを得なかったと思われる。『細雪』の語りは、その大部分が松子をモデルとした幸子の視点に、語り手が寄り添うかたちで展開される。「十八公日記」の存在は、『細雪』の語りに幸子の視点を取り込むことのヒントを谷崎に与えたのかもしれない。

「いとさんこいさん」

一九三六年二月二十五日から三月二十五日まで東京府美術館で開催された第一回帝国美術院展覧会に、北野恒富は二曲一双の「いとさんこいさん」を出品した（二〇八～二〇九頁参照）。床机《しょうぎ》に腰かけた姉妹を描いたものだが、大阪ではお嬢さんを「いとさん」、小さな「いとさん」である末娘を「小いとさん」「こいさん」と呼ぶ。

船場あたりの商家の情景を描いている。橋爪節也は、この絵の面白さは「対照的な姉妹の姿」を描いたところにあるといい、「両手をそろえ、微笑《ほほえ》んで腰掛ける『いとさん』と頰杖《ほおづえ》ついて寝そべる『こいさん』。着物は同じ模様だが陰陽が反転し、姉の着物は、月夜の草花を思わせ、レースの描写も繊細であるのに対し、お転婆《てんば》な妹の着物は白く真昼の野のようで、履物も前後逆向きの〝あっちゃこっちゃ〟である」といっている（「日本経済新聞」二〇二〇年二月十七日）。

橋爪は「恒富は谷崎潤一郎とも親交があり、恒富がモデルの小説も考えていたという。『細雪』にインスピレーションを与えた名作である」と解説している。谷崎側でその確証は得られ

ないが、恒富サイドになんらかの資料が遺されているのだろうか。たしかに一瞥《いちべつ》しただけでも、『細雪』の世界との親和性は瞭然としている。
『細雪』の四人姉妹における三女の「いとさん」の雪子と、四女の「こいさん」の妙子との際だつ対照性は、この絵そのままである。性格の違う三女と四女との対照性を思い切って強調することが、ひとつの美的な階調をかもしだすことを、谷崎はこの絵から学んだのかもしれない。

北野恒富「いとさんこいさん」
（一九三六年、紙本着色・二曲一双屏風、京都市美術館蔵）

『細雪』の連載開始

『細雪』は第二次世界大戦ただなかの一九四三（昭和十八）年一月号の「中央公論」に連載の第一回が掲載された。当時、「中央公論」の編集長だった畑中繁雄の『覚書昭和出版弾圧小史』（一九六五年）によれば、前年の八月十四日、いよいよ連載が決まったとき、谷崎は「ぼくが書いても大丈夫かね」と念をおしたという。

すでに一九四一年の段階で「都新聞」に連載されていた徳田秋声の『縮図』が、内閣情報局からの干渉により連載を中止していた。『縮図』は秋声が当時、一緒になっていた女性のその流転の半生を描こうとしたものである。情報局から時局に合わないと再三の干渉をうけ、妥協して腑《ふ》ぬけの作品とするより、潔く筆を絶つ方がいいと、秋声は未完のままに中絶させた。

谷崎もこうした時代の状況を知らなかったわけではない。が、時局に合わせるような題材を選ぶわけでもなく、一九三六年以来、構想をあたためつづけてきた『細雪』の筆を執りはじめた。谷崎には時勢に応じて作品を書き分けるといった小器用さはない。ある意味では、谷崎は愚直に自己の信念をおし通すタイプの不器用な作家だったといえる。

さう云つても私は、あの吹《ふ》き捲《ま》くる嵐のやうな時勢に全く超然として自由に自己の天地に遊べたわけではない。そこにそこばくの掣肘《せいちゅう》や影響を受けることはやはり免かれることが出来なかつた。たとへば、関西の上流中流の人々の生活の実相をそのまゝに写さうと思へば、時として「不倫」や「不道徳」な面にも亙《わた》らぬわけに行かなかつたのであるが、それを最初の構想のまゝにすゝめることはさすがに憚《はばか》られたのであつた。これは今日から顧みればたしかに遺憾のことに違ひない。

（「『細雪』回顧」）

『細雪』の完結後、このように回想している。

時代への抵抗

その文学的始発期から『麒麟』のエピグラフに記されたように、「今の政に従う者は殆うし」との思いをいだきつづけてきた谷崎は、時局に迎合することもなく反抗することもなく、自己の信ずる道を歩みつづけた。まさにそのこと自体、意図することなく時代への抵抗の文学となったといえる。

一九四三年の「中央公論」一月号には島崎藤村の長篇『東方の門』の第一回も併載され、大きな話題を呼んだ。藤村の方は年四回の掲載予定だったが、『細雪』は隔月掲載の予定で、三月号に第二回が掲載された。先の畑中繁雄は『覚書昭和出版弾圧小史』で「反響の大きかったことは、それだけ軍や情報局の干渉を早めたし、直接検閲にひっかける箇所がなかっただけに、相手方の言いがかりはそれだけ陰険さをました」と証言している。

谷崎は、平安神宮への花見を描いた上巻の「十九」までをひと区切りとし、六月号に第三回を掲載していったん連載を中止することを考えていた。原稿には「十九」の末尾に「作者云ふ」として、「此の作品が戦時下の読み物にあらざることを感ずるに至りたるを以て、一往掲載を中止し、他日、これが完成発表に差支なき環境の来るべきことを遠き将来に冀《こいねが》ひつゝ、当分続稿を篋底《きょうてい》に秘し置かんとす」と記していた。

しかし、六月号には『細雪』を「自粛的立場から今後の掲載を中止」する旨の編集部からの「お断り」が掲げられて、第三回の原稿は掲載されなかった。『細雪』の連載は中止したものの、谷崎は原稿を書きつづけ、翌一九四四年七月に上巻を私家版（松廼舎蔵版）として二百部を上梓《じょうし》、同年十二月二十二日には中巻までを脱稿した。

徳田秋声は『縮図』の連載中止を決めると、書きかけの文章の途中に打たれた読点をそのままに一切を投げ出してしまった。潔いといえば、潔いが、連載を中止してから数ヶ月後に訪ねた広津和郎には、「後五十回ぐらゐの予定なので、書き足さうと思つてゐます」と語ったという。が、それは果たされず、秋声は一九四三年十一月に没した。

ちなみに『東方の門』も、この年の八月に藤村が脳溢血《のういっけつ》で急逝したために未完に終わってしまった。

『細雪』の完成

戦前から執筆されて、終戦の八月十五日をまたいで戦後になっても書きつづけられて完成した文学作品は『細雪』のほかに何があるだろうか。しかも戦前に書かれた部分も、戦後になって書き直された箇所はほとんどない（ただ上巻の「十七」でロシアからの亡命一家に夕食に招かれ、中国をめぐる国際情勢について議論するところを戦後版では若干手直ししている）。

終戦も間もない一九四五年九月三日付で谷崎は嶋中雄作へ宛て「とう〳〵《ママ》平和が参り候」と書き出し、心底から衝きあげる喜びを嚙みしめているようである。次便の同年九月二十九日付では、早速に『細雪』の出版についての相談をもちかけている。上巻は一九四六年六月、中巻は一九四七年二月に中央公論社から単行本として刊行された。

下巻は一九四七年三月号から翌年十月号まで「婦人公論」に連載された。これが「中央公論」ではなく「婦人公論」に連載されたところに、戦後社会においての谷崎文学への認識が示されてもいる。

『中央公論社の八十年』には、「そのころの『中央公論』はページ数がすくなく、当時の急進的な編集部に谷崎をそれほど重視しない空気もあって、連載をしぶっていた」とある。谷崎としても心穏やかならざるものがあったと思われる。

日中戦争から終戦まで、長い戦時体制のなかで抑圧されてきた言論界では八月十五日を境に、一気に民主的な言動があふれだした。逆に今度はそれに同調するものだけが、もてはやされるということにもなる。

谷崎はそうした政治体制の転換にかかわりなく、棒のごとく貫く人間の生の営み、――日常的な事柄のひとつひとつに喜怒哀楽する生活を見つめつづけた。戦後の第一声となった「〝細雪〟と〝聞書抄〟について」（一九四六年）という談話筆記では、『細雪』について「有閑的なそしりを受けましたが人間本来の自由感情が、有閑無閑の区別なく絶えず深いところに動いてゐることは勿論ですし、私は、いつもそれを見つめてゆかねばならぬと思つてゐます」と語っている。

『細雪』は谷崎文学の最大の長篇小説である。戦争中に書きはじめられたことで退廃的な側面は削《そ》ぎ落とされて、これまでの谷崎作品に描かれたような変態的な性欲への偏向もなければ、常軌を逸するような過激な嗜好への傾斜もない。その意味では谷崎文学における特別の、例外的な作品である。谷崎文学がポピュラリティを獲得するうえに大きな力をもったといえる。

「心の故郷」

大阪船場の旧家蒔岡《まきおか》家には、鶴子、幸子、雪子、妙子の美しい四人姉妹があった。鶴子は銀行員の辰雄を婿養子に迎えて本家を継いだが、養父の死後、辰雄はもとの銀行員となり東京へ転任する。幸子は婿養子の貞之助を迎え、分家して芦屋《あしや》に住んでいる。雪子と妙子は堅苦しい本家を嫌って、幸子のところに居ついてしまう。

雪子は京美人だった母親に似ているが、少し因循すぎるほどの内気な性格である。婚期を逸して、もう三十にもなっている。物語は一九三六年十一月の瀬越との見合いにはじまり、一九四一年四月の御牧《みまき》との結婚のため上京するまでの足掛け六年間を描く。雪子は五回の見合いを繰り返すが、同時に五回の花見をも繰り返している勘定になる。幸子は新婚旅行で、貞之助に魚ではなにが一番好きかと聞かれて、「鯛《たい》やわ」と答えて笑われた。あまりに月並みすぎたからだが、花ではと問われて、躊躇《ちゅうちょ》なく桜と答える。語り手はこうした幸子の思いを次のように伝えている。

古今集の昔から、何百首何千首となくある桜の花に関する歌、――古人の多くが花の開くのを待ちこがれ、花の散るのを愛惜して、繰り返し〳〵一つことを詠んでゐる数々の歌、――少女の時分にはそれらの歌を、何と云ふ月並なと思ひながら無感動に読み過して来た彼女であるが、年を取るにつれて、昔の人の花を待ち、花を惜しむ心が、決してたゞの言葉の上の「風流がり」ではないことが、わが身に沁みて分るやうになつた。

（『細雪』上巻「十九」）

一九三三年の「藝談」において、谷崎は「新しい美を創造して行く文学」と「美の極致を一定不変なものとして、いつの時代にも繰り返し繰り返しそこへ戻つて行く文学」との対比を語っていた。「新しいものは目先が変つてゐるだけに人を感動せしめることも比較的容易」だけれども、「常に古人の跡を踏んで而も新しい感動を与へること」の難しさを指摘している。

幸子のいう月並みの美学は、刻々に変化する現実の時間のなかに「一定不変な」「美の極致」として繰り返し繰り返し戻ってゆくところのものである。谷崎はここで「心の故郷を見出だす文学」ということもいっているが、月並みとは、まさに私たちの魂のやすらぐことのできる「心の故郷」の謂いであろう。

小林秀雄の『細雪』評

この「藝談」の記述を踏まえながら、小林秀雄は東京生まれの自分にはもはや故郷がないといって「故郷を失った文学」（一九三三年）を書いた。その小林が戦後の「年齢」（一九五〇年）において、「嘗て何度も見た四囲の平凡な風物が、惘《あき》れるばかりの美しさで、目に映ずる」のは、「目に見えぬ心の年齢」のせいなのだろうかと記している。

そして小林は『細雪』について、「作者の頭脳は、月並みな観念を集めて、成熟した常識の或は善意の人生観を建築しているが、作者の天賦の感性は月並みな形を集めて、不思議な美しさを創り出すに至った」と評し、さらにつづけてこんな風にいう。

頭脳的には、貞之助や幸子が主人公だが、作者の感性は「細雪」という題を案出し、雪子という女性を主人公と主張するが如くである。この作の文章文体は、現代にその類を求め難く、何処に急所があるのか分らぬ様な名文で、雪子という女が、何を考えているのやら、さっぱり分らぬ癖に、その姿が鮮やかに目に浮ぶのも面白いし、周囲の人達が、この得体の知れぬ女性の純潔さに惹かれて、大騒ぎをして失敗しているのも面白い。この作で、雪子だけが孤独であるが、当人は孤独を自覚しておらぬ様に描かれ、「枕にひびく霰《あられ》の音」は作者だけが聞いている様に思われるのも面白い。

（小林秀雄「年齢」）

最後に引かれた「枕にひびく霰の音」は、地唄「雪」の一節である。男に捨てられ出家した藝妓の独り寝の寂しさを歌っているが、『細雪』中巻の冒頭のところで妙子は地唄舞の会でこの「雪」を舞っている。谷崎は戦後に書かれた「雪」（一九四八年）という随筆で、「私は此の曲をきいてゐると、限りもなくさまぐ〜な連想があざやかな形を取つて浮かび来り浮かび去るのを禁じ難い」といっている。

また戦時中に『細雪』執筆のあいまには、この地唄のレコードを繰り返し繰り返し飽かずに聴いたといっている。「私は『雪』を聞きながら又と帰らぬ日のことを思ひ、嵯峨《さが》や東山あたりの風物を空想しては時間を消した。私はあれを聞いてゐると、過ぎ去つた日が再び身近に戻つて来たやうな気がすることもあつた」と語る。まさに谷崎にとって地唄「雪」の連想が導きゆくところこそ「心の故郷」であり、『細雪』の姉妹が生きていた時空だったといえよう。

複合的な視点

小林は、『細雪』における「頭脳」と「感性」の微妙な乖離《かいり》を指摘している。頭脳は観念にかかわり、感性は現実世界のものの「形」にこだわる。「心の故郷」といった観念世界を喚起するのも、地唄の「雪」とか、満開の桜とか、純潔で鮮やかな姿の雪子とかいった、鋭敏な感性でとらえられた現実世界の「形」をとおしてである。しかも観念は不変であるが、現実の「形」は時間とともに刻々に変化してやまない。

蒔岡家では毎年、花見をひとつの行事にしているが、幸子は「散る花を惜しむ」心と「妹たちの娘時代を惜しむ心」を重ね合わせる。平安神宮の満開の紅枝垂《べにしだれ》の下に立ち、幸子は「花の盛りは廻つて来るけれども、雪子の盛りは今年が最後ではあるまいか」と思う。妹の幸せを願う幸子の感慨には、華やかさのうちにもそこはかとない哀感がただよう。

こうした幸子の思いは、きわめて観念的である。それは円環する時間と直線的に過ぎ去ってゆく時間との対比から生じたもので、そうした観念を喚起する「花の盛り」とか「雪子の盛り」とかは、感性によってとらえられた現実世界における「形」である。

このような「花」をめぐる自然と人事との交錯は、劉廷芝《りゅうていし》「代悲白頭翁」（白頭を悲しむ翁に代わる）中の有名な「年年歳歳花相似　歳歳年年人不同」（年年歳歳花相似たり、歳歳年年人同じからず）という詩句を想起させる。ただし、こちらの「花」は桜ではなく、桃李《とうり》の花ではあるが。「花」も仔細に観察すれば、去年咲いた花と今年の花とは同一でない。が、「花」という集合的な概念からすれば、たしかに似ている。それは「人」がひとりひとり同じではないが、集合的に「人」を観察すればよく似ているのと同じである。一片の花びらからすれば、年年歳歳「花」は同じではないが、歳歳年年「人」は相似ているというわけである。

小林秀雄は『細雪』の文章を、「現代にその類を求め難く、何処に急所があるのか分らぬ様な名文」というが、『細雪』の語りには「年年歳歳花相似　歳歳年年人不同」という視点と、「年年歳歳人相似　歳歳年年花不同」という視点が複合しているといえる。

それが頭脳的には貞之助・幸子を主人公とする観念的な世界を支え、感性によってとらえられた清楚《せいそ》な雪子を主人公とする美的空間と接続される。決して単眼的に、ひとつの意味に収斂《しゅうれん》されることのない豊饒《ほうじょう》な物語的空間が、ここから広がる。

繰り返すものと過ぎ去るもの

アルフレッド・ノース・ホワイトヘッドは『科学と近代世界』（一九二五年）において「人生における主要な出来事は、合理的な考えの最も乏しい人間の眼にも必ず止まらずにいないほどしばしば繰り返される。合理的精神が眼醒《めざ》める以前でさえも、そのことを動物の本能はしかと悟っていた」といっている。大ざっぱに見れば自然の現象も繰り返しあらわれるが、細部にわたって正確には繰り返されない。「過ぎ去ったものは永久に過ぎ去ったのである」という。

雪子のお見合いや花見のように、『細雪』には繰り返されるものが多く描かれる。妙子の恋愛事件や、洪水や台風の自然災害、家族の病気、年中行事など、さまざまなものが繰り返される。毎日の日常も朝から夜まで繰り返しといえば、繰り返しの連続である。

『細雪』では花見の場面でも、「彼女たちは、前の年には何処でどんなことをしたかをよく覚えてゐて、ごくつまらない些細《ささい》なことでも、その場所へ来ると思ひ出してはその通りにした」と、登場人物たちによって自分たちの行為が意識的に繰り返されている。

一方、作者がこの作品の筆を執りはじめたとき、すでに結末に見られるように雪子の御牧との結婚、妙子の三好との同棲から、この美しい姉妹たちの生活は失われていた。そればかりか、物語開始の翌年からはじまった日中戦争と、それに引きつづく第二次世界大戦によって、蒔岡家の姉妹たちの生活を支えた文化の基盤も崩壊を余儀なくされて、永遠に過ぎ去ったものとなっていた。

ちょうど谷崎が地唄「雪」を聞きながら「又と帰らぬ日のことを思ひ」、「過ぎ去つた日が再び身近に戻つて来た」と感じたように、谷崎自身、『細雪』を執筆しつづけることで、繰り返される生の営みを実感しながら、散る花を惜しむように、永久に過ぎ去った生活を愛惜したのだろう。
原稿用紙の枡目《ますめ》を、あたかも桜の花びらで埋めつくすかのように、一字一字を丹念に毛筆で書きつづけることが、過ぎ去った美しい姉妹の物語を、繰り返し繰り返し文学空間によみがえらせることになるのである。

『少将滋幹の母』の円熟

繰り返すということならば、谷崎文学はその出発点の『刺青』から、女性崇拝、女性拝跪のモチーフの延々たる繰り返しである。『細雪』完結後、平安朝を舞台に史実と虚構を巧みに綯《な》い交ぜた歴史小説『少将滋幹の母』を執筆するが、これも女性礼讃、女性惑溺の極致を描いた作品である。

これを読んだ正宗白鳥は「これは、谷崎氏の最傑作ではあるまいか。私は『春琴抄』を読んだ瞬間、技神に入ると云つた感じがして驚歎《きようたん》したのであつた。（中略）ところが、今度の作品では、この作者の初期の作品から一貫してゐる女性惑溺、女性礼讃が、古典的の錆《さび》をもつて、しかも内容は一層根づよく現されてゐる」（『読書雑記』）と絶讃する。

この小説にはひとりの女性をめぐって、色好みの平中《へいじゆう》、時の権力者の藤原時平《しへい》、時平の伯父で八十に近い老人の藤原国経《くにつね》、国経とその女性との子である少将滋幹と、奇しき運命に結ばれた四人の男が登場する。ひとつのエピソードは別な次のエピソードを生み、次から次へと話題が展開されてゆく。

ここに描かれた人物は、面白いことに、これまでの谷崎作品に登場したいずれかの人物に通じている。狂言廻しの役の平中は、意地の悪い本院の侍従にさんざん翻弄されるが、初期作品『幇間』の三平以来、こうした幇間気質の三枚目的人物は谷崎文学には親しい存在である。

伯父の国経から力ずくで、その北の方を奪いとる時平は、『武州公秘話』の武蔵守輝勝に通ずるような暴力的なまでの男性的エロティシズムに漲《みなぎ》っている。谷崎自身、やや強引なかたちで根津清太郎から松子を奪っており、平中同様にこの時平も谷崎の分身としての一面が強く顕示されている。

北の方を奪い去られた国経は、北の方への愛執を捨てきれずに懊悩する。さながら『痴人の愛』の河合譲治の老いさらばえた姿である。また、ここにはこの時期に谷崎自身が直面するようになった老いと性という新たな問題が浮上し、この後の『鍵』や『瘋癲老人日記』に継承されてゆくことになる。

少将滋幹は、いうまでもなく『母を恋ふる記』や『吉野葛』の水脈につながり、谷崎文学に底流する母恋いの系譜につらなる人物である。頑是ない時分に母と別れた滋幹は、おぼろげな記憶のなかにある母の面影を理想的なものにつくりあげて、四十年来母を恋い慕いつづける。

遒古閣《しゅうこかく》文庫蔵の写本「滋幹の日記」には、そうした母恋いの心情が書き記されているという。が、これは架空の書で、これに拠ったという滋幹の母恋いを描いた部分はすべてフィクションである。

北の方＝滋幹の母は、『細雪』の雪子以上に一切内面描写がはぶかれ、ほとんど正面きって描き出されることはない。彼女はそれぞれの登場人物の観念のうちにのみ存在する人物である。その美しさは彼女をめぐる男たちの性の確執をとおして、おのずと浮き彫りされるように工《たく》まれている。

作品の末尾で、滋幹は四十年の長い歳月を隔てて母と再会する。若き日の北の方をめぐって展開された愛憎劇は、滋幹の母恋いへと止揚され、北の方＝滋幹の母は、安らぎに満ちた清浄な、永遠の美として現示する。作中に描かれたすべての事象は、神わざに近い作者の小説技法によって理想化され、完璧なまでに藝術的な仕上がりを見せている。

『少将滋幹の母』は古典主義時代の谷崎文学の大団円で、もっとも円熟した作品ということができる。このあと谷崎は高血圧症に悩まされながらも、『潤一郎新訳　源氏物語』の仕事に取りかかる。旧訳の部分的改訂にとどまらず、全面的な書き直しとなり、三年余の歳月を費やして完結させた。

おわりに

晩年の問題

谷崎は七十歳を過ぎてから、それまでの古典主義的な作風を捨てて、もう一度大きく変貌した。『鍵』（一九五六年）、『瘋癲老人日記』（一九六一〜一九六二年）で、老人の性の問題を正面から取りあげ、若い頃のどぎつい描写にも負けないほどの濃密な性的描写をともなった作品を書いた。

それにはふたつの大きな要因があったと思われる。ひとつは戦後も十年を過ぎてようやく経済的にも安定し、生活に余裕をもつことができるようになって、アメリカナイズされた自由な雰囲気が瀰漫して、大幅に表現の自由が許されるようになったこと。石原慎太郎の『太陽の季節』（一九五五年）が芥川賞を受賞して、その大胆な性描写が話題になり、谷崎もそれに刺戟をうけたようである。

ふたつ目には谷崎自身の肉体が若い頃のように自由がきかなくなってきたことである。大宅《おおや》壮一との対談「虚頭会談　文豪と舌豪」（一九六一年）では、男女関係の話題に触れて、「いざという場合には立候補できるような肉体的条件がないとおもしろくないですか」と問いかけられて、次のような問答をつづけている。

谷崎　そうでもありません。それはつまり若き時代の記憶として生きていますから。
大宅　記憶ね……。
谷崎　それ以上のことが不可能になったんじゃあるけれども、記憶ははっきりしてますね。
大宅　「鍵」なんかでも記憶的性欲という……。（笑）
谷崎　そうですな。
大宅　牛の反芻《はんすう》みたいだな。けっこう楽しいですか、それは。
谷崎　楽しいもんです、ええ。僕はそう思いますね。
大宅　現場が浮んできますか。
谷崎　浮んできます。実際に自分が経験しなかった場面もつくり出しますね、想像で。みずから浮び上らせるところもあります。
大宅　なるほどね。それは精神的イマジネーションによる自慰というようなものになるわけですね。（笑）

谷崎　たしかに自慰ですね。年をとればそれよりほかに仕方がない。

若い頃の谷崎作品の最大の特色は、みずから制御しきれない欲望に振りまわされる身体をもった人間の悲喜劇を描くところにあったといえる。が、この時期に直面した老いは自己の自由にならない肉体という問題を突きつけたのである。

たとえば創作ノート「子《ね》」（一九五三年頃から五五年頃までのノート）には、「A（M）とB（W）が二十歳頃に交接した姿を映画に写しておく。それから四十年を経て二人がその映画を取り出して見、それの刺戟に依つて交接する」（注、「M」は男で「W」は女のこと）というメモがある。この時期の谷崎は、いわば「記憶」をスクリーンにして自己のうちに残る余炎のごとき性的欲望を搔き立てていたのだろう。

『瘋癲老人日記』の主人公となると、もはや「左様ナ能力ヲ喪失シタ状態」にある。第七章で触れたように、かつて木下杢太郎に「カストラチオン（去勢）」してもらうことを願った谷崎は、おのずからそれと同じ状況に置かれたことになる。自己の肉体的状況と観念世界とのあいだのバランスが崩れ、両者のあいだにどのような折り合いをつけるかということが、最晩年の谷崎文学に課せられた問題となった。

藝術かワイセツか

『鍵』は「一月一日。……僕ハ今年カラ、今日マデ日記ニ記スコトヲ躊躇シテキタヤウナ事柄ヲモ敢テ書キ留メル〻《コト》ニシタ」と書き出される。性的欲求の衰退を感じた初老の大学教授である夫の片仮名の日記と、妻の平仮名の日記とを交互に組み合わせ、両者の性生活の確執を描き出す。夫は教え子で、娘の敏子の婚約者である木村を妻の郁子に近づかせ、嫉妬を刺激剤とすべく妻を姦通に駆り立てる。

連載の第二回が掲載された一九五六年五月号「中央公論」（発売日は四月十日）が発売されると、「週刊朝日」四月二十九日号で「ある風俗時評　ワイセツと文学の間　谷崎潤一郎氏の『鍵』をめぐって」と題された特集が組まれた。その過激な性描写がセンセーショナルな話題となり、社会的に大きな反響を呼んだ。折から売春防止法を審議中の国会の法務委員会でも議論の的となった。

嶋中鵬二《ほうじ》「『鍵』とワイセツについて」は、このときのいきさつや対応についてストレートに証言している。中央公論社社長の嶋中は以前から親しく交際していた「裁判所の偉い人」に意見をただすと、あくまでも個人的な見解として「猥褻だと思う」という答えを得た。それを聞くと、すぐに京都の谷崎のもとへ行き、報告したという。

その結果、『鍵』は「構想の時点では、演劇でいえば四幕もの仕立て」だったが、「谷崎先生は四幕ものの三幕、すなわち起承転結の『転』の部分を飛び越して、第四幕、すなわち『結』の部分にいきなり移るという」対策がとられたという。したがって、「現在残っている『鍵』という作品は、当初の構想とはまったく違う未完成の作品である」と指摘している。

冒頭部においてかなり過激な性描写からはじまった『鍵』は、作品の力学としてもクライマックス箇所でもう一度冒頭部を超えるハードな描写が要求されることになる。先の大宅壮一との対談においても谷崎は、「もっとすごいところを書く気もあったんですけどね、最初は」と語っている。それが三幕の「転」にあたる部分だったのだろう。その省略された部分では、どのようなことが書かれる予定だったのだろうか。

以上ノ事実ヨリ小説ヲ作ル

徳川夢声との対談「問答有用　徳川夢声連載対談」（一九五八年）には、「あのさき、のぞきがあるんですよ。そこのとこは書けない。それで、やめちゃったんです」という谷崎の発言がある。「のぞき」といえば、現行の『鍵』のなかでも敏子が家を出ることになったきっかけを、妻の日記に「蛍光燈に照らされてゐる寝室内の光景を夜な〳〵隙見してゐたに違ひない」と記している。

現行のかたちとはだいぶ違うが、『鍵』の構想メモが記された創作ノート「丑」には、「Aハ妻ノパンパン宿ヲ発見スル、宿ノボーイヲ買収スル、ス《ママ》シテ隣室ニヰル、A――ボーイニ鏡ノ間ニ案内サレル、妻ト相馬ノ情事ヲ見ル、Aハ妻ノコンナ姿ヲ見ノ《ママ》ハ始メテ、ソノ夜コウフンスル、相馬ト絶交スル」というメモが記されている。ここで「A」とあるのは夫のことであり、「相馬」は現行のテキストでは木村のことである。

これよりひとつ前の創作ノート「子」に書かれた「◎千萬子ノコト」と題された文中には、「千萬子ハ妹ヲ偏愛スル母ニ反感ヲ抱キ或ルトキ故意ニ母ガ書生ト密通シテヰル現場ヲ父ニ見セルヤウニシタ」とある。この文章を締めくくるように最後に「以上ノ事実ヨリ小説ヲ作ル」と記されている。『鍵』の発想の出発点が、千萬子（松子の息子の嫁。後述）から聞いたこの話にあったということは間違いない。

おそらく『鍵』においても、敏子の何らかの手引きによって主人公の夫が、妻の郁子と木村との情事を「のぞき」見る場面が用意されていたのだろう。しかもそれは、敏子が父に語った言葉を使えば、「カリニ汚サレテハヰナイトシテモ、汚サレルヨリハ一層不潔ナ方法デ或ル満足ヲ――」享楽している現場を、のぞき見ることになるというシチュエーションだったと思われる。

その箇所が省略されてしまったところから、この作品はある分かり難《にく》さをはらんでしまった。ことに敏子の役どころがつかみきれないのである。谷崎自身もこのようなかたちに終わってしまったことは不本意だったようで、ドナルド・キーンに宛てた手紙でも「『鍵』はあまり自信がありませんので差上げる気になりません」（一九五七年一月一日付）といっている。

しかし、『鍵』にはそれまでの谷崎文学には見受けられない、文学上非常に貴重なひとつの要素がある。『少将滋幹の母』に代表されるように、これまでの谷崎作品は基本的に作者の観念世界における美しい夢が展開されてきた。が、自分の身体がままならず、自由にならない肉体を抱え込むことで、これまで夢想の源泉であった女の肉体が、自己の理解の及ばない他者として現前しはじめたということである。

「千萬子抄」

千萬子が谷崎の義妹渡辺重子の息子清治——清治は松子と根津清太郎のあいだに生まれたが、『細雪』の御牧実のモデルとなった渡辺明と重子のあいだに子がなかったところから、渡辺家に養子として入籍——と結婚して、谷崎家の一員に加わったのは一九五一年五月のことだった。彼女は谷崎にとって義妹の息子の嫁ということになるが、日本画家橋本関雪の孫娘で、当時、二十一歳で同志社大学英文科に在籍中であった。

渡辺千萬子はこれまで谷崎の周辺にはいなかった新しいタイプの女性だった。飽くことを知らない谷崎の作家魂は、なお新たな刺戟を求めて新時代のさまざまな事象に関心を寄せていた。

そんな谷崎の前に強烈な個性を発散させる現代女性としての千萬子が大きな魅力をもって映りはじめたのだろう。

やがてふたりのあいだに頻繁に手紙のやり取りがなされるようになる。「僕は君に他に何もして貰はうと思ふことはありません　たゞ新しい時代の智識、風俗、言葉づかひ等について老人の知らないことを何によらず始終教へてもらひたいのです」（一九五九年一月三十日付）と、谷崎は千萬子をとおして時代の新知識をいろいろ得る。また千萬子を詠んだ歌が矢継ぎ早に書かれ、「石仏抄」（一九六〇年、のち「千萬子抄」と改題）としてまとめられた。

おどけたる石の仏の眼、鼻、口、千萬子に問はん誰にかは似る
としを経し地蔵菩薩も君恋ふと頸にかけたる紅きよだれ掛け
トレアドルパンツの似合ふ渡辺の千萬子の繊《ほそ》き手にあるダリア
わたなべの庭の芝生に向日葵《ひまわり》の花々揺れて歩むスラックス

これらの歌は『瘋癲老人日記』への通路を用意したといえる。一九五九年一月二十日付の書簡では「僕は君のスラックス姿が大好きです、あの姿を見ると何か文学的感興がわきます、そのうちきつとあれのインスピレーシヨンで小説を書きます」といっており、早くも『瘋癲老人

日記』への予覚が語られている。

瘋癲老人の夢

『瘋癲老人日記』の主人公卯木督助《うつぎとくすけ》は七十七歳になり、高血圧症に悩まされ、左手の異常な冷感と麻痺感《まひかん》に苦しんでいる。谷崎自身、「高血圧症の思ひ出」（一九五九年）に記されたように戦後になって高血圧症に悩まされ、一九五八年には右手に異常な神経痛様の疼痛《とうつう》を覚え、以後の執筆は口述筆記となった。瘋癲老人の病症には、いうまでもなく谷崎自身の体験が反映されている。

主人公は「既ニ全ク無能力者デハアルガ」、「イロ〳〵ノ変形的間接的方法デ性ノ魅力ヲ感ジ」て、現在は「サウ云フ性慾的楽シミト食慾ノ楽シミトデ生キテ」おり、「生キテヰル限リハ、異性ニ惹カレズニハヰラレナイ」という。「一種ノ嗜虐的傾向」をもった老人は、元踊り子で、ちょっと意地が悪い、息子浄吉の嫁の颯子《さつこ》にあさましい魅力を感じている。

颯子の魅力に惑溺した老人は、颯子の足に接吻《せつぷん》したり、ネッキングしたりの「ピンキー・スリラー」を楽しむ。自分の妻や娘にはひどく冷淡だが、颯子には三百万円の猫眼石を買ってやったり、水着姿が見たいばかりに庭にプールをつくってやる約束をしたりする。はては姦通をそそのかしたりする始末で、まさに「ヂヽイ・テリブル」ともいうべき瘋癲ぶりである。

老人の性的快楽は死と紙一重である。「間違ツテ死ンダトシテモ構フモンカ」という老人は、「今日モピンキー・スリラーヲ経験スル。但シ今日ハ眼ガ赤クナラナイ。血圧モ普通ラシイ。ヤ、拍子抜ケガシタ感ジ。少シ眼ガ血走ツテ血圧ガ二〇〇ヲ越スクラヰニ興奮シナイト物足リナイ」という。老人は血圧を性的な興奮のバロメーターと化してしまっているが、ここには決して笑いきれない切迫したユーモアが漂っている。

老人の日記のあとに付された「佐々木看護婦看護記録抜萃《ばつすい》」には、精神科医の言葉として「この患者には情慾が常に必要であって、それがこの老人の命の支えとなっている」とある。老人は「性」を「生」の源泉として、迫ってくる死の予感に抗して情欲によって衰えゆく自己の生命力を掻き立てていたのだろう。性的な高揚はそのまま生の高揚にも通じていたわけである。

老人は最後には颯子の足型を仏足石として刻んだ墓石のもとに永遠の眠りにつくことを夢想し、颯子の足型の拓本をとる作業に熱中する。結末部分で老人は脳血管の痙攣《けいれん》の発作で倒れるが、老人の日記が中絶されたあとに現代仮名遣いで記された「佐々木看護婦看護記録抜萃」「勝海医師病床日記抜萃」、それから娘の「城山五子手記抜萃」がつづく。

三島由紀夫「谷崎潤一郎論」

一見したところ「夾雑物《きょうざつぶつ》とも見え不協和音とも聴かれ」るが、この終結部の老人とは別の他者による文章の意味とその重要性をいち早く指摘したのは三島由紀夫の「谷崎潤一郎論」だった。『瘋癲老人日記』が刊行されて間もない一九六二年十月に書かれたこの三島の谷崎論は、谷崎が最後にいたりついた究極の境地を見事に抉り出したばかりか、もっとも深い層において谷崎文学の本質を突いた鋭利な論であった。

末尾の臨床医の病床日記は、「患者はや丶肥満し、貧血、黄疸《おうだん》はなく、下腿に軽度の浮腫が見られる。血圧一五〇――七五、脈搏《みゃくはく》九〇で速く、整」といった、「骨のような、無飾」な文体によって綴《つづ》られる。三島は「ここではじめて氏は、あのまろやかな完璧な女体に対応した、私の肉体、私の自我の実態をえがいて見せた」と指摘し、これは「作家の自我に対する苛烈なサタイヤ（風刺）であり、ほんものの嘲笑だった」という。

さらに三島は、「『瘋癲老人日記』で、作者は、美の崇拝者や寄食者の存在の実態をあばいてみせた」といい、「その存在の実態とは、血圧だった。『脈搏九〇で速く、整。』であった」と指摘する。血圧、脈搏、体温、呼吸の数値こそ、まさに瘋癲老人の夢の対極に位置する肉体の実態である。この老人は「老いによって、人間の普遍的条件に直面し、人間の原質へ降りて行」

ったのである。

最後は「城山五子手記抜萃」に記されたように、老人は颯子の足の拓本を「一枚々々熱心に、何時間でも飽かず眺めて暮し」、庭ではプールの工事もはじまる。「拵へたつて無駄だわよ」という颯子へ夫の浄吉が応じた、「約束通りプールの工事が始まつてゐるのを、眺めるだけでも親父《おやじ》の頭にはいろ〳〵な空想が浮ぶんだよ」という言葉によってこの作品は締めくくられる。瘋癲老人の夢想が肉体との危うい緊張をはらんで、再び果てしなく広がってゆくことを暗示しながら。

遺された構想

一九六五（昭和四十）年七月二十四日、谷崎は七十九歳の誕生日を祝ったが、翌朝に血尿を見、夕方から悪寒を訴えだした。三十日、腎不全から心不全を併発し、自宅の湘碧《しょうへき》山房にて逝去した。伊吹和子『われよりほかに』によれば、いくつかの腹案をもっていたが、次の仕事として選んだのは御菩薩魑魅子の小説であり、その構想のあらましを語っていたという。

それは『瘋癲老人日記』の続篇のようなもので、折口信夫《しのぶ》の『死者の書』（一九三九年）のように主人公が死んだあとに墓のなかで眼を覚ますところからはじまる。主人公の象潟夢白《きさかたむはく》（のちに天児阿含《あまがつあごん》）は、兜町《かぶとちょう》の株式仲買人になって成功し、経営する会社は現在では相当な証券会社に成長している。実質的には第一線を引退し、妻の閼伽子《あかこ》とともに豊かな暮らしをつづけている。閼伽子は夢白よりだいぶ若く、一家は藤沢か鎌倉か、東京近郊に邸宅をもち、結婚した息子たちも地続きの一劃《いっかく》に住んでいる。

近頃夢白老人は御菩薩（または深泥《みぞろ》）魑魅子という若い女性に夢中になって、もう余生もたかが知れているのだから、好きなことをして死にたいと願う。閼伽子と別れて魑魅子と暮らそうと思い、思い切って財産を家族全員に分け与えようといいだす。

しかし、家族は大反対である。魑魅子は才走ったところのある油断のならない女で、どうせ老人の懐を狙ってのことだろうと、周囲の誰からも理解されない。夢白は自分の望みをおし通し、魑魅子と同棲して、色欲に溺れた結果、心臓発作を起こして死ぬ。そして、その死後、はじめて家族の前に老人の秘していた本心が明かされるというものである。

夢白老人の「秘していた本心」とは何か。いろいろと推測は可能だろうが、もちろん決定的なことは判らない。それでは、谷崎がこの小説に託そうとした思いとはどのようなものだったのだろうか。もちろん完成した作品が残されているわけではないので、それも決定的なことは分かりようもない。だが、この残されたストーリーと「御菩薩魑魅子」というヒロインの命名からいくらか推測されることもある。最後にそれについて触れておきたい。

御菩薩魑魅子

「御菩薩魑魅子」を何と読めばいいのだろうか。伊吹和子『われよりほかに』には、谷崎がこの小説の梗概を語ったときに伊吹が手帳に走り書きをしたというメモが引かれている。その最後の行には「御菩薩ミボサツ　チミコ　チミモウリョウのチミ　ミゾロが池のミゾロチミコにする？」とある。伊吹は「御菩薩」を「みぞろ」と読むのは、「天児」を「あまこ」と読むのと同様にあやまりであるという。

しかし、はたしてそうだろうか。谷崎はたしかに「ミボサツ」と発音したのだろうが、この記述の仕方から判断すると、谷崎の意識のなかでは「御菩薩」と「ミゾロが池のミゾロ」は同一視されていたようだ。「ミゾロが池」はもちろん、『夢の浮橋』（一九五九年）の「ねぬなは」（蓴菜《じゅんさい》のこと）のくだりに登場する京都上賀茂《かみがも》の「深泥池」に由来している。「ミゾロが池」は今日は一般的に「深泥池」と表記され、読み方はミドロガイケとも、ミゾロガイケとも称せられる。が、歴史的には「美土呂池」「泥濘池」などと表記され、また「御菩薩池」とも書かれたことは、『梁塵秘抄《りょうじんひしょう》』の二五一番に京の街中から貴船《きぶね》までにあるものを「何れか貴船へ参る道、加茂川箕里《みのさと》御菩薩《みどろ》池《いけ》、御菩薩坂……」と列挙しているところからも明らかである。

なぜこの池が「御菩薩池」と呼ばれたかといえば、行基がこの地で修法したとき、池のうえに弥勒《みろく》菩薩があらわれたからとも、ここに深泥地蔵堂を置いたからともいい伝えられている。『都名所図会』（一七八〇年）にも「御菩薩池《みぞろいけ》」とあって、谷崎の意識のなかでも「御菩薩魑魅子」は「ミゾロチミ子」とうけとめられていたのだろう。新全集第二十五巻に収められた「絶筆メモ」を確認しても「御菩薩魑魅子」「ミゾロチミ子」とあって、「深泥チミ子」の表記はない。おそらく谷崎は口述の際、「御菩薩」という姓の表記を、間違われないように「ミボサツ」と発音したのであったろう。

『深泥池の自然』によれば、京都市街の北のはずれにあるこの池は、三方を丘陵状の山に囲まれ、南西部が開ける谷間に、出口をせき止められてできた池である。東西四五〇メートル、南北二七五メートル、周囲一五〇〇メートルで、面積は九ヘクタール。最大水深は二メートルほどの浅い池であるが、名前のとおり泥が深く堆積し、その厚さは十五メートル以上あり、主にミズゴケ遺体からなる泥炭だという。

堆積物のなかの花粉を調べると、ミツガシワやミズゴケは最下部から現在まで連続的に出現し、この湿地が十四万年前のリス氷期からの歴史をもっていることが分かるという。池の中央には、ミズゴケの遺体が分解せずに泥炭として堆積した浮島があり、そこには氷河時代の生き残りといわれる植物がいまなお生育している。一九二七年に「水生植物群落」が国の天然記念物に指定されたが、ミゾロが池は「歴史の証人」ともいうべき貴重な自然を残している。

ミゾロが池は非常に透きとおった水底に堆積物の黒い泥炭をうかがわせて、きわめて神秘的な、薄気味悪くさえあるような不思議な雰囲気を漂わせている。池の端に立ったとき私には、谷崎が主人公を破滅の淵へと導く魔性の魅力をもった魑魅魍魎《ちみもうりょう》のごとき女性を「御菩薩魑魅子」と命名しようとした気持ちも推測できるような気がした。

谷崎が生涯をとおして追究してきた性の力は、太古の昔から生あるものが生命体であるかぎり、その根底から突き動かされざるを得ない根源的な力である。それは、いうまでもなく今日までも変わることなく、連綿と受け継がれている。ミゾロが池の底に堆積する泥炭は、あるいは私たちの薄黒い欲望の屍骸《しがい》が堆積した残骸なのでもあろうか。

しかし、またそこにはきわめて透明で、清冽《せいれつ》な水も流れ込んでいる。池の表面は私たちの身心の汚れにも濁ることなく、清浄な静かさを保っている。しかも谷崎にとってミゾロが池は、『夢の浮橋』に描かれた若く美しい母のイメージにつながる安らぎをもたらす場でもある。行基の見たという弥勒菩薩が出現しても、おかしくないような聖なる空間である。

「御菩薩魑魅子」は、まさにそうした魔性と聖性とが矛盾なく合体したところに顕現する女人像なのだろう。おそらく谷崎は自己の生涯の最後になるかもしれない作品と、これを意識していたであろう。その最後に思い描いた女性像は、魑魅魍魎のような性的魔力をもって男を破滅の淵に誘うと同時に、母の慈愛に満ちた安らぎをもって聖なる世界へと導くような永遠女性だったのである。

＊　＊　＊　＊　＊

二〇一七年六月、決定版『谷崎潤一郎全集』全二十六巻が完結した。創作ノートなどの資料もすべて公開されて、もはや存在することが知られながら未発表のままになっている谷崎関係の資料は何も残されていない。やっと谷崎文学をトータルに論ずることができる環境が十全に整ったといえる。

これらの新たな資料によって、これまでよく分からなかったことも明らかにすることができるようになった。私は多くの谷崎文学に関する文章を書いてきたが、これまで集めてきた文献のなかで、いまだ使っていないものもいくつかあった。また気づいておりながら、書く機会をもち得なかったこともあった。

それらをとりまとめるかたちで私が理解したところの谷崎文学について、コンパクトに論じた小さな本を作りたいと考えていた。今回、新書というかたちでそうした機会が与えられたことをとてもうれしく思っている。

東京の下町の町人の息子として生まれた谷崎潤一郎というひとりの人間が、どのようにして日本文学史に名を残すような文豪〈谷崎潤一郎〉となったか、ということを跡づけたいと思って書きはじめた。それがいつしか谷崎の〈性慾〉史の記述となり、当初は考えてみもしなかったようなタイトルになった。

谷崎は「恋愛及び色情」という随筆で、西洋文学から受けた影響のもっとも大きなもののひとつは、「恋愛の解放」——もっと突っ込んでいえば「性慾の解放」だったといっている。谷崎の生涯はまさしく、私たちにとって根源的な欲望である〈性慾〉との格闘で、それをいかに藝術的に昇華させるかの歴史だったことに気づかされる。

担当の編集者の金井田亜希さんには大変お世話になった。早くから声を掛けてもらいながらなかなか取りかかれずにいたが、締め切り日も催促もなく、書きたいように書かせていただいた。一章を仕上げるたびにお送りすると、的確な批評と適切なご指摘をいただき、まことに夢のように楽しい仕事だった。

原稿も仕上がり、校正、校閲の段階になって、新型コロナウイルスの騒ぎで図書館が閉まってしまった。金井田さんには大変な思いをさせてしまったが、どうにか無事にその困難も乗り越えることができた。金井田さんにはあらためて深く感謝を申し述べたい。ほんとうに有り難うございました。

二〇二〇年七月

主要参考文献

『谷崎潤一郎全集』（決定版）全二十六巻、中央公論新社、二〇一五〜二〇一七年
『谷崎潤一郎全集』（愛読愛蔵版）第二十五巻、第二十六巻、中央公論社、一九八三年
小谷野敦、細江光編『谷崎潤一郎対談集【藝能編】【文藝編】』中央公論新社、二〇一四年、二〇一五年
水上勉、千葉俊二『増補改訂版　谷崎先生の書簡　ある出版社社長への手紙を読む』中央公論新社、二〇〇八年
千葉俊二編『谷崎潤一郎の恋文　松子・重子姉妹との書簡集』中央公論新社、二〇一五年
千葉俊二編『父より娘へ　谷崎潤一郎書簡集　鮎子宛書簡二六二通を読む』中央公論新社、二〇一八年
『谷崎潤一郎＝渡辺千萬子　往復書簡』中央公論新社、二〇〇一年
桑原武夫『現代日本文化の反省』白日書院、一九四七年
伊藤整『谷崎潤一郎の文学』中央公論社、一九七〇年
柳田泉ほか編『座談会大正文学史』岩波書店、一九六五年
『西田幾多郎全集』第十一巻、岩波書店、二〇〇五年
千葉俊二「谷崎家の先祖はほんとうに近江から来たのか　谷崎潤一郎『私の姓のこと』をめぐって」「学術研究」66、二〇一八年
同「谷崎潤一郎の幼少期における読書体験　村井弦斎の『近江聖人』を中心に」「学術研究」35、一九八

六年
同「杉田直樹と谷崎潤一郎　全集未収録書簡の紹介を含む」「日本近代文学館年誌　資料探索」12、二〇一六年
同『谷崎潤一郎　狐とマゾヒズム』小沢書店、一九九四年
同『物語の法則　岡本綺堂と谷崎潤一郎』青蛙房、二〇一二年
同『物語のモラル　谷崎潤一郎・寺田寅彦など』青蛙房、二〇一二年
岩崎栄『徳川女系図　幕末　情炎の巻』徳間書店、一九六七年
野村尚吾『伝記谷崎潤一郎』六興出版、一九七二年、改訂新版一九七四年
村井弦斎『近江聖人』博文館、一八九二年
和辻哲郎『自叙伝の試み』中央公論社、一九六一年
武者小路実篤『或る男』新潮社、一九二三年
山住正己『中江藤樹』朝日新聞社、一九七七年
石川悌二『近代作家の基礎的研究』明治書院、一九七三年
赤川学『セクシュアリティの歴史社会学』勁草書房、一九九九年
木本至『オナニーと日本人』インタナルＫＫ出版部、一九七六年
『小林秀雄全作品』3、4、18、新潮社、二〇〇二〜二〇〇四年
細江光『谷崎潤一郎　深層のレトリック』和泉書院、二〇〇四年
高山樗牛『釈迦』博文館、一八九九年

稲垣達郎、佐藤勝『近代文学評論大系』第二巻、角川書店、一九七二年
真岡慶心編著『無窮堂　真岡湛海と求道』寿福院、一九六八年
同『勢舟　真岡湛海を偲んで』寿福院、一九八九年
金谷治訳注『論語』岩波文庫、一九六三年
和辻哲郎『孔子』岩波書店、一九三八年
オットー・ワイニンゲル、片山正雄訳編『男女と天才』大日本図書、一九〇六年
クラフト・エビング、大日本文明協会訳編『変態性慾心理』大日本文明協会事務所、一九一三年
斎藤光「クラフト＝エビングの『性的精神病質』とその内容の移入初期史」「京都精華大学紀要」10、一九九六年
『荷風全集』第三巻、第十三巻、岩波書店、一九六三年
Richard von Krafft-Ebing, *Psychopathia Sexualis*, only authorized English adaptation of the twelfth German edition by F.J.Rebman, London, 1906
津島寿一『谷崎と私』中央公論社、一九五三年
綿谷雪『近世悪女奇聞』青蛙房、一九七九年
三島由紀夫「谷崎潤一郎論」「朝日新聞」一九六二年十月十七〜十九日
浩々洞編『真宗聖典』無我山房、一九一七年
堀部功夫「『二人の稚児』と古典」『近代文学と伝統文化　探書四十年』和泉書院、二〇一五年
『暁烏敏全集』第六巻、第十二巻、別巻、凉風学舎、一九七五年、一九七八年

石和鷹『地獄は一定すみかぞかし　小説暁烏敏』新潮社、一九九七年
子安宣邦『歎異抄の近代』白澤社、二〇一四年
菊池寛「災後雑観」「改造」一九二三年十月
ワイニンゲル、村上啓夫訳『性と性格』アルス、一九二五年
原章二『《類似》の哲学』筑摩書房、一九九六年
西野厚志「日本におけるヴァイニンガー受容　芥川龍之介・谷崎潤一郎作品を中心に」「学術研究」60、
二〇一二年
ゲーテ、柴田翔訳『親和力』講談社文芸文庫、一九九七年
秦恒平『神と玩具との間　昭和初年の谷崎潤一郎』六興出版、一九七七年
谷崎松子『倚松庵の夢』中央公論社、一九六七年
同『湘竹居追想』中央公論社、一九八三年
同「『春琴抄』『盲目物語』の思い出につながる地唄」『蘆辺の夢』中央公論社、一九九八年
高木治江『谷崎家の思い出』構想社、一九七七年
橘弘一郎編『谷崎潤一郎先生著書総目録』ギャラリー吾八、一九六四～一九六六年
漆間徳定『法然上人恵月影』第一歩社、一九二八年
Lafcadio Hearn, *Life and Literature*, selected and edited by John Erskine, New York, 1917
『定本吉井勇全集』第七巻、番町書房、一九七八年
平井呈一訳『全訳　小泉八雲作品集』第七巻、恒文社、一九六四年

谷崎終平『懐しき人々　兄潤一郎とその周辺』文藝春秋、一九八九年
『川端康成全集』第三十巻、第三十一巻、新潮社、一九八二年
雨宮広和編『父庸藏の語り草』私家版、二〇〇〇年
雨宮庸蔵『偲ぶ草　ジャーナリスト六十年』中央公論社、一九八八年
中河与一『探美の夜』全三巻、講談社、一九五七～一九五九年
水原尭栄『邪教立川流の研究』全正舎書籍部、一九二三年
伊吹和子『われよりほかに　谷崎潤一郎最後の十二年』講談社、一九九四年
稲澤秀夫『秘本谷崎潤一郎』第二巻、烏有堂、一九九二年
『正宗白鳥全集』第二十一巻、第二十三巻、福武書店、一九八四年、一九八五年
『佐藤春夫全集』第十一巻、講談社、一九六九年
日夏耿之介『谷崎文学』朝日新聞社、一九五〇年
松阪青渓『菊原撿校生ひ立の記』琴友会、一九四三年
中里介山『大菩薩峠』全二十七巻、角川文庫、一九五五～一九五六年
新村出『童心録』靖文社、一九四六年
『新編国歌大観』第五巻、角川書店、一九八七年
橋爪節也「なにわの街角　十選（9）」「日本経済新聞」二〇二〇年二月十七日
畑中繁雄『覚書昭和出版弾圧小史』図書新聞社、一九六五年
広津和郎「解説『仮装人物』『縮図』」『秋声全集』第十三巻、雪華社、一九六一年

『中央公論社の八十年』中央公論社、一九六五年
ホワイトヘッド、上田泰治・村上至孝訳『科学と近代世界　ホワイトヘッド著作集』第六巻、松籟社、一九八一年、原著は一九二五年
嶋中鵬二「『鍵』とワイセツについて」『谷崎潤一郎国際シンポジウム』中央公論社、一九九七年
『深泥池の自然』深泥池自然観察会、No.1～4、二〇〇二～二〇〇三年
国立国会図書館デジタルコレクション
「読売新聞」データベース（ヨミダス）
「朝日新聞」データベース（聞蔵Ⅱ）
「毎日新聞」データベース（毎索）

※谷崎潤一郎の作品などからの引用文中には今日の人権意識に照らして不適切な表現があるが、原典の時代性を鑑み、原文のままとした。

〈早稲田大学図書館蔵　資料翻刻　草稿「恋愛と色情」〉

恋愛と色情

谷崎潤一郎

○

むかし、刑部卿敦兼《あつかね》と云ふ公卿は世にも稀な醜男であつたが、非常に美しい北の方を持つてゐた。或る年、その北の方が宮中の五節の舞ひを拝見に行くと、陪観者の中には今を時めく月〔げつ〕卿雲客〔けいうんかく〕が色とりどりな装ひをして控へてゐて、いづれを見ても自分の夫のやうな無細工な御面相をした者は一人もない。それにつけても自分は飛んだ男を夫に持つてしまつたものだと、北の方はつくづくイヤ気がさして、家に帰つて来ると、側方《そつぽう》を向いて物をも言はず、一日逃げて廻つてゐるので、夫は何事が起つたのかと思ひながら日を過すうちに、だんだん妻のふるまひが眼に余るやうになつて来た。その日から以後、妻の家を訪れても、女は閨〔ねや〕に居たことがない。或る晩おそく宮中の勤めを終へて帰つて来て見ると、出居《でゐ》に灯も燈つてゐなければ、装束を脱いでも、召し使ひの女房たちまで北の方の旨を含んで姿を隠してしまつたものか、畳んでくれる人もない。男は仕方がなしに、真つ暗な火の気のない部屋で一人物思ひに沈んでゐたが、やがて車寄せの妻戸を明けて、縁に出て、ぼんやり外を眺めてゐるうちに、いつかしんしんと夜が更けて、月のひかり、風の音が身に沁み渡るにつけ、つれない人の仕打ちが折に添へて一としほ恨めしく感ぜられる。そしで《ママ》篳篥《ひちりき》を取り出して、心をすまして、

ませのうちなる白ぎくも
うつろふ見るこそあはれなれ
われらが通ひて見し人も
かくしつつこそかれにしか

と、繰り返し、繰り返し、謡つたところが、何処かに隠れてゐた北の方も急に哀れを催して、それからは又前よりもこまやかな語らひをするやうになつた。

此の話は、人も知る古今著聞集の好色の巻に見えてゐる逸話であるが、まことに平安朝頃の恋愛のすがたがよく現はれてゐると思ふ。捨てられた夫が、妻の許を去りがてにして、庭の籬《まがき》の菊に托して悲しみを訴へる。妻がそれを聴いて再び夫になさけをかける。蓋《〔けだ〕》し斯う云ふ情景は平安朝の特色であつて、これが鎌倉以後、殊に、戦国、徳川時代などであつたら、何しにこんなまどろつこしい事をする男があらう。直ちに奥に踏ん込んで、有無を云はさず女を引き据ゑるか、それでも聴かなければ斬つて捨てるかに極まつてゐる。然るに平安朝の男は、刀

の柄へ手をかける代りに、錦の袋にでも這入つてゐたらしい篳篥を取り出すのである。それにしても此の時分の公卿たちは、こんな風に始終楽器を身に附けて携へてゐたのであらうか。

○

勿論王朝時代以後でも此れに似た事実や逸話は絶無ではあるまい。江戸時代の小説に出て来る市井の遊蕩児《ゆうとうじ》の中には、女に対して随分のろい男もあらう。しかし相手が手練手管を売り物にする遊女なら知らぬこと、敦兼の如く、仮りにも妻の不貞を見ながらこんな優しい態度を取る夫は、芝居や浄瑠璃に扱はれてゐる武士にも町人にも、一人でも例があるだらうか、私にはちよつと思ひ出せない。義太夫で語られる色男は、天の網嶋の治兵衛にしろ、堀川の伝兵衛にしろ、鰻谷《うなぎだに》の八郎兵衛にしろ、案外殺伐で、男女関係を武士道的に考へてゐて、あの通りの刃傷《にんじょう》沙汰を起すくらゐだから、女房はおろかなこと、情婦に裏切られたとしても、黙つてめそめそ泣き寝入りをしさうな柄には見えない。

かう書いて来て、唯一つ著聞集のそれに似寄つた情景として想ひ出したのは、壺阪の沢市が、最初に一人で琴唄の「菊の露」を唄ひながら三味線を弾いてゐる、あの場面だけである。尤もあれは、主人公が盲人でもあり、殊にあの浄瑠璃の作者は、故人団平の夫人ださうだから、明治以後の作品であることを考へなければならないが、兎に角にも、男をああ云ふ風な優しい人に扱つてあるのは、さすがに女性の手に成つたものだからであらう。それに、あの作品は新しいけれども、あの「菊の露」の唄は古い。

鳥の声、鐘のおとさへ身にしみて、思ひ出す程涙が先へ、落ちて流るる妹背の川を合とわたる舟の、楫《〔かじ〕》だに絶えて、かひもなき世と恨みて過ぐる、以上本調子、以下二上り思はじな、逢ふは別れといへども、愚痴に、庭の小菊のその名にめでて、昼は眺めて暮らしもせうが、よる／＼毎におく露の、露の命のつれなや、憎や、合 今は此の身に秋の風

あの場面の沢市は、此の文句を本調子の途中までしか唄はないが、ここでも矢張り庭の小菊を持ち出してゐるところが、敦兼の唄を想ひ出させる。大阪では此の唄を教へると縁が切れると云つてイヤがる。思ふに死別の意に取れるからであらうが、壺阪の作者は妻を恨む盲人の心持ちに此れを応用したのである。

○

沢市のやうな不具者の恋愛とか、女にのろい意気地なしの男を、滑稽に、或ひは嘲弄的に扱つたものなら、まだ此の外にも後代の物語に例があるかも知れないが、著聞集の敦兼は醜男であるにも拘はらず、決してそんな風に書かれてゐるのではなく、又北の方も不貞な女として批難されてゐるらしくはない。夫もやさしい男なら、妻も情深い女として、夫婦の美談であるか

のやうに物語られてゐるのである。

私は西洋の社会に見るやうな女人崇拝の思想が、日本のいつの時代にでも行はれたことがあつたとは考へない。しかしそれに一番近い時代を求めるならば平安朝より外にないことは、あの時代のくさぐさの草紙、物語、日記等を読む者の誰でも心づくところであらう。その随一なるものは云ふ迄もなく竹取物語であるが、少くともあの時代の官能的なる仏像の前に跪いた人人の胸には、おぼろげながら永遠女性の幻影が宿つてゐたであらう。それればかりでなく、あの頃の男女の会話の写されてあるのを見ると、男が女に物を云ふ言葉づかひが、いかにも丁寧である。地の文などでも婦人の行動を叙するのにしばしば敬語を用ひてあり、女子を男子と同等、時としてはそれ以上の高く美しい存在として遇してゐた様が窺はれる。此れが風流や礼儀を尚《たつと》ぶ貴族階級だけではなしに、一般にさうだつたらしいことは今昔物語などを読んでも想像がつく。

なほついでながら、今昔物語には随分変つた女賊の記事がある。本朝の部巻十九に見える「不被知人女盗人語」の女主人公が情夫を裸にして"Flagellation"を行ふ話は、日本文学中に現はれた唯一の完全なる女性のサディストであると云つていい。性慾的な"Flagellation"の記録としたら世界的にも相当に古い方かも知れない。

○

此の、女性と云ふ観念の中に何か自分以上の崇高なもの、優越なものを感ずる心持ちが、平安朝以後に至つて漸く文学にも見えないやうになつてしまつたのは何故であらうか。

人は或ひはその原因の一つとして武士階級の勃興と云ふ事実を挙げるであらう。しかしそれにしても、なぜ日本には西洋の騎士道のやうなものが起らなかつたのか。「女性を崇拝すること」を勇士の面目であると考へずに、「隋弱《ママ》に流れること」だと解しなければならなかつたのは、なぜであらうか。

女子を男子の所有物、――――財産の一部のやうに見做す思想は、昔は洋の東西を問はず普通のことで、平安朝でも恐らくはさうであつたのだらう。けれども、「財産の一部と見做すこと」と、それを「崇拝すること」とは必ずしも矛盾しない。有り難い仏像を持つてゐる人は、それを自分の所有物として礼拝する。「所有される」こと即ち「軽蔑される」ことにはならない。「所有され」つつ、「所有する者」を「支配する」ことも有り得る。

私は、鎌倉期に始まつた新仏教が、日本人の心から偶像を奪ひ去つてしまつたことが、余程影響を及ぼしてゐるやうな気がするけれども、此れとても勿論原因の全部であるとは考へられない。要するに私の知れる限りに於いて、まだ今日まで此の問題に注意を向け、明答を与へてくれた文学史家はないやうである。

○

が、原因はどうであるにしろ、武門政治以後の男尊女卑の気風は、いかに日本の文学と、それが反映する一般社会とを、寂寞にし、低調にしたことであらう。早い話が、日本の男子の恋愛は何処迄もあの卑しい「スケベイ」と云ふ言葉に尽きる。さう云ふ下品な根性の中からは決してあの「神曲」の如き「ファウスト」の如き高邁な文学の生れる筈がない。西鶴がどうの、近松がどうのと云ふけれども、結局は調子の低い、スケベイな町人文学の範囲を出でない。

私は実に久しい間、かう思つて過去の日本文学に云ひやうのない淋しさと絶望とを感じつつあつた。さうして此の事は、苟くも日本人と生れて文藝の道に携はつてゐる私としては、可なり重大な問題であつた。

が、これを論じ出すと長くなるから、いづれ来月号に稿を改めることにして、今月は先づほんの前置きだけにしておかう。

（つづく）

コノ項ハ、カタメテ載セル場合ニハ削除シテ下サイ

（注、この一文は末尾の二行に対する朱書きの指示。また〔 〕のふりがなは編者によるものである）